XUN präsentiert:

als 26. Ausgabe den Roman

AF210044

»Das Gasthaus zum grinsenden Tod«

05. Band der Serie
»Crystal –
Geboren aus Dunkel und Licht«

Ein Horror-Roman
von

A. T. Legrand

Freie Redaktion XUN

Eine Publikation der
Freien Redaktion XUN
Heilbronn
Sommer 2025

Es besteht Titelschutz nach den §§ 5, 15 MarkenG, durch
Ordnungsgemäße Anzeige und Veröffentlichung im Börsenblatt
des Deutschen Börsenvereins
Ausgabe 20/2006, Ausgabe 30

Titelbild: Manuela P. Forst
Titelgestaltung: Stefan Böttcher

Redaktion und Herausgeber: Bernd Walter
Freie Redaktion XUN, Heilbronn

Umschlaggestaltung, Herstellung und Verlag:
BoD Verlag Norderstedt

© 2025 **XUN präsentiert** - Band 26
Freie Redaktion XUN, Heilbronn
Inhaberin aller Veröffentlichungsrechte

Verlag: BoD · Books on Demand GmbH, Überseering 33,
22297 Hamburg, bod@bod.de
Druck: Libri Plureos GmbH, Friedensallee 273, 22763 Hamburg
ISBN: 978-3-8192-8136-5

www.fantastischegeschichten.de

E-Mail:
webmaster@fantastischegeschichten.de

Was bisher geschah:

Die junge Engländerin Crystal Blair wurde aus noch immer nicht ganz geklärten Gründen von finsteren Mächten, die ihre Mutter brutal getötet hatten, entführt und auf dem düsteren Landsitz Cadwrigham House gefangen gehalten. Von dort gelang ihr mit Hilfe des deutschen Versicherungsmaklers Michael Fux, der nach einer Autopanne ebenfalls in die Fänge des undurchsichtigen Earls of Cadwrigham geraten war, die gemeinsame Flucht nach London.

Dort studierten Crystal und Michael einige Unterlagen, die sie aus Cadwrigham House mitnehmen konnten, und auf denen ihr Name vermerkt war. Überraschenderweise enthielten die Unterlagen einen Brief von Crystals unbekanntem Vater. Nicht nur das: Crystal bekam außerdem die Verfügung über ein stattliches Vermögen sowie Blair House, einem Anwesen, welches, laut Crystals Vater, sichere Unterkunft gegen die Horden des Bösen bieten sollte.

Die Engländerin und der junge Deutsche beschlossen, Blair House schnellstmöglich aufzusuchen. Zu ihrem großen Entsetzen lauerte ihnen dort ein ganzes Rudel geifernder Wolfsbestien auf, die von einer finsteren Gestalt auf die beiden gehetzt wurden. Wäre nicht in letzter Sekunde Hilfe in Form von Rolfhardt Ethelbert Ronan von Schressen, einem weißen Vampir, aufgetaucht, es hätte schlecht für die beiden jungen Leute ausgesehen.

In ihrer ersten Nacht in der sichern Umgebung

von Blair House empfängt Crystal einen mentalen Hilfeschrei. Ein junges Mädchen hat Angst um ihre Großmutter, die überstürzt zu einer dubiosen Kreuzfahrt aufbricht. Der Traum offenbart Crystal außerdem, dass hier böse Mächte im Spiel sind. Kaum, dass sie die Traumbilder abschütteln konnte und erwachte, hatte sie für sich den Entschluss gefasst, dem kleinen Mädchen zu helfen und den finsteren Mächten nicht einfach das Spielfeld zu überlassen.

So führt sie dieser nächtliche Traum auf eine Fahrt ins Ungewisse, an Bord des Kreuzfahrtschiffes MS SERPENTIA. Sie finden heraus, dass dort Satyre und Schattennymphen ihr Unwesen treiben. Diese Kreaturen der Finsternis verführen die Menschheit zu bösen Handlungen und verleiten sie zu Todsünden, um sich an der dadurch freigesetzten negativen Energie NEGEM zu laben. Schon gab es erste Tote an Bord des Kreuzfahrtschiffes. Doch die finsteren Wesen haben die Rechnung ohne Crystal, Michael und Rolfhardt gemacht. Es kam zum Showdown auf hoher See, den die Protagonisten nur gerade so überlebten.

Doch zurück an Land wartete gleich die nächste Auseinandersetzung mit den Kräften des NEGEM auf das Trio. In den Räumen einer Softwarefirma, welche auf verfluchtem Grund erbaut worden war, sorgten Spuk und Poltergeister für Todesangst in der Berrymoore Street. Es kommt zu harten Kämpfen, unter tatkräftiger Mithilfe von Bruder Jonathon und seinen Mitbrüdern sowie den Wachmännern Harisson Steerling und

Malcolm McDearmitt. Unter Aufbietung aller Kräfte kann der Spuk bezwungen und die Gebäude der Firma befriedet werden.

Die Ruhe danach währt nur kurze Zeit. Bald beunruhigen mysteriöse Todesfälle die Geisterjäger von ESP Investigations. Es sind vorwiegend junge Männer, die den Tod finden. Und zwar durch den ‹Todeskuss der grünen Lady›, eine Seelen saugende Kreatur namens Baobhan-Sith. Die Auseinandersetzung kostete Michael fast das Leben.

Doch anschließend gab es Grund zu feiern, denn Michael und Rolfhardt wollen sich das Ja-Wort geben. Aber ein danach geplanter gemeinsamer Kurzurlaub führt Freunde und Familie in ein sehr spezielles Gasthaus. In **das Gasthaus zum grinsenden Tod**.

Die Hauptpersonen des Romans:

Crystal Blair

Ein gut gemeinter Urlaub für die Truppe entwickelt sich zu einem veritablen Alptraum.

Michael Fux und Rolfhardt Ethelbert Ronan von Schressen-Fux

Das frischgebackene Ehepaar muss sich mit äußerst unangenehmen Zeitgenossen auseinandersetzen.

Lydia und Werner Fux

Die Eltern von Michael lernen die neue Tätigkeit ihres Sohns intensiver kennen, als ihnen lieb ist.

Elisabeth Fux

Michael Schwester verzeiht ihrem Bruder den Fehltritt mit ihrem Ex-Verlobten nicht nur, sie wächst sogar über sich selbst hinaus!

Bruder Jonathon, Pater O'Flaherty, Malcolm McDearmitt, Harisson Steerling, Anna Mulgraw

Das Team von ESP-Investigations erlebt einen äußerst außergewöhnlichen Urlaub.

Die Auseinandersetzung mit der Männer mordenden Baobhan-Sith lag nun schon ein paar Wochen zurück. Mit Rücksicht auf Michael hatten die Geisterjäger von ESP-Investigations etwas den Schongang eingelegt, und nur relativ harmlose Fälle angenommen.

Michael, der in die Fänge des Lebenskraft aussaugenden, weiblichen Finsterwesens gelangt war, hätte diese Begegnung um ein Haar mit dem Leben bezahlt. Nur weil Crystal eine neue Fähigkeit von sich entdeckte, gelang die Rettung in letzter Sekunde. Die Herrin von Blair House konnte im so genannten ‚leeren Raum' im Untergeschoss des festungsartigen Gebäudes ein Portal in den Limbus, eine Art Zwischenreich öffnen. Von dort aus besaß sie die Möglichkeit, an beliebige Orte ohne Zeitverlust gehen. Zunächst jedoch nur deswegen, weil ihr ein direkter Weg durch den Limbus nur auf Grund der engen, geistigen Bindung zwischen ihr und Michael gelang, und sie dadurch instinktiv den Weg zu ihm durch dieses Zwischenreich fand. Dabei konnte sie andere Personen durch Körperkontakt mit sich nehmen. Nur so gelangten sie rechtzeitig ins Versteck der Seelensaugerin, um Michael in letzter Sekunde vor deren Todeskuss zu retten.

Bei all ihren anschließenden Versuchen gelang ihr der Limbus-Transfer nur, wenn sie den betreffenden Ort bereits kannte. Ansonsten erschien sie an recht willkürlichen Ausgangspunkten, was gelegentlich zum Erschrecken einiger Londoner Bürger führte. Als weitere Einschränkung kristallisierte sich heraus, dass es Crystal nicht gelang, den Limbus von außerhalb des Blair House zum Antritt einer Passage zu öffnen. Nur, wenn sie den Weg von dort aus antrat, konnte sie vom Ziel wieder direkt nach Blair House zurückkehren. Anschließend war es möglich, neue Übergänge von Blair House und wieder zurück durchzuführen. Aber die Britin spürte auch, dass sie damit die Möglichkeiten des Limbus bei weitem nicht ausgeschöpft hatte. Mit einem entsprechenden Training und viel

Übung mochte sie wesentlich mehr erreichen!

Die Zeit der einfachen Fälle bot neben der Tatsache, dass Michael und Rolfhardt ihre Hochzeit planten, auch die Gelegenheit, ihre Büroräume im imposanten Hochhaus «The Shard» einzurichten. Aus dem Erbe ihres weiterhin geheimnisvollen Vaters Rachmon gehörten Crystal dort drei komplette Etagen! Diese allein stellten schon ein riesigen Vermögenswert dar. Doch Rachmon hatte seiner Tochter neben Blair House und den Etagen in «The Shard» noch weitaus mehr vererbt: ein absolut gigantisches Vermögen von fast 500 Millionen Pfund Sterling!

Als Crystal davon zum ersten Mal erfuhr, fiel sie durch diesen Schock mitten in einem Londoner Café in Ohnmacht. Das geschah kurz nach der geglückten Flucht mit Michael aus Cadwrigham House, während sie gemeinsam überlegten, was sie mit ihrem Wissen über die finsteren Machenschaften des Earls anfangen sollten. Dabei studierten sie die aus dem Anwesen des Vampir-Earls mitgebrachten Unterlagen, die Crystals Namen trugen.

Vor Blair House trafen sie dann mit Rolfhardt Ethelbert Ronan von Schressen, einem weißen Vampir zusammen, der sie vor einer schwarzmagischen Meute Wölfe rettete. Und kurz darauf lernten sie Bruder Jonathon kennen. Ein Mönch von der Benediktiner-Abtei Buckfast, die im Auftrag von Crystals Vater Rachmon Blair House bewirtschafteten und die auch im Kampf gegen die Finstermächte tätig waren.

Die sich daraus entwickelnde Freundschaft nützte man als Anlass, diesen Kampf gegen die Finsternis, das NEGEM, gemeinsam zuführen. Die Gründung von ESP-Investigations stellte somit den nächsten, logischen Schritt dar. Crystal verfügte ja über mehr als nur ausreichende Geldmittel. Und mit dem magisch abgesicherten Anwesen von Blair House besaßen sie eine hervorragende Ausgangsbasis.

Gleich der erste große Auftrag betraf einen unheimlichen Spuk von Poltergeistern im neuen Firmengebäude eines Software-Entwicklers. Dabei stießen zwei weitere Mitarbeiter zu ESP-Investigations, Malcolm McDearmitt und Harisson Steerling. Das komplettierte zunächst die Truppe um Crystal Blair.

Büroräume gab es ebenso. Fehlte nur noch eine kompetente Sekretärin oder Sekretär, welche die Mannschaft von lästigen Verwaltungsarbeiten entlastete. Auf Grund des ungewöhnlichen Tätigkeitsfeldes von ESP Investigations kam jedoch nur eine Person infrage, die keine Angst vor unheimlichen Vorgängen oder dem Übernatürlichen hatte, und außergewöhnlichen Ereignissen gegenüber aufgeschlossen war. Im Übrigen sollte sie über Loyalität und Verschwiegenheit verfügen.

Patal Banerjee, der indisch-stämmige Verwalter des Blair'schen Vermögens, hatte Crystal ja vor dem Abenteuer mit der Baobhan-Sith versprochen, Ausschau nach so jemandem zu halten, und im Vorfeld bereits einige Bewerber und Bewerberinnen ausgesiebt. Über die verbleibenden Kandidatinnen und Kandidaten schickte er schließlich eine Liste.

Da auf Grund der speziellen, weißmagischen Absicherung von Blair House dort die Vorstellungsgespräche nicht stattfinden konnten, hielt man diese kurzerhand in den neu eingerichteten Büroräumen im 10. Stock von «The Shard» ab. Was sicherlich auch einen guten Eindruck als zukünftiger Arbeitgeber hinterließ. Welche Firma wartete schon mit Räumlichkeiten in einem sehr markanten und prestigeträchtigen Gebäude auf.

Daher saßen Crystal, Michael und Rolfhardt an diesem vernieselten Februar-Dienstag in ihren noch nach neuen Möbeln riechenden Geschäftsräumen und arbeiteten die von Banerjee eingeladenen Bewerber ab. Die Aussicht, den Passenden oder die Passende darunter zu finden, sank mit jedem weiteren Gespräch. Beim zehnten und letzten Kandidaten dieser Liste breitete sich dann allmählich Frust und Hoffnungslosigkeit unter dem Trio aus.

«Danke, Mister Kulikow», verabschiedete Crystal soeben diesen letzten Bewerber. «Wir werden uns Ihre Unterlagen nochmal genau anschauen. Sie bekommen dann Nachricht von Mr. Banerjee.»

«Oder auch nicht ...», schickte Michael leise hinterher, kaum das die Tür sich hinter dem Mann beim verlassen des Raumes geschlossen hatte. «War das wirklich das Beste, was uns Patal anzubieten hatte? Denen sah man doch schon aus zehn Metern Entfernung an, dass sie Übernatürliches für Mumpitz halten!»

«Ich hatte mir erhofft, dass unter diesen Männern und Frauen wenigstens einer oder eine halbwegs brauchbar wäre», gestand auch Crystal ihr Enttäuschung unumwunden ein. «Aber wer soll es ihnen verdenken? Unser Metier ist nun mal sehr speziell. Um es milde auszudrücken ...»

«Nein, man kann ihnen wahrlich nicht Gram deswegen sein», griff Rolfhardt den Faden auf. «Die meisten kennen Übernatürliches nur aus Kinofilmen, Fernsehserien und diesen pseudorealen, halbseidenen Dokumentationen. Die wenigsten hatten schon mal Sex mit einem Vampir!» Beim letzten Satz zwinkerte er seinem zukünftigen Ehemann spitzbübisch zu.

«Vielleicht hättest du mit ihnen schlafen sollen ...», frotzelte Michael zurück. «Wie kann man diesen Leuten das Unbegreifliche auch in aller Kürze begreiflich nahe bringen? Das fiel ja mir schon schwer! Und denen ist immerhin nicht bereits zwei Mal fast das Leben ausgesaugt worden – auf die eine oder andere Art!»

Crystal wiegte bedächtig ihren Kopf. «Na ja, unser Geschäft ist nichts, was einem alltäglich widerfährt. Einige von der Liste haben uns mit einem Blick angesehen ... die dachten mit Sicherheit, wir wären direkt dem Irrenhaus entsprungen!»

Sie seufzte tief. «Bleibt uns wohl nichts anderes übrig, Patal darum zu bitten, erneut nach Kandidaten für diesen Posten zu suchen. Möglicherweise klappt es beim zweiten Anlauf ...»

Ein zaghaftes Klopfen an der Tür unterbrach die schlanke Frau, die daraufhin verdutzte Blicke mit den beiden Männern austauschte. Sie griff nach der Liste, die auf dem niedrigen Tisch der kleinen Besucherlounge der Büroetage lag, in welcher sie die Bewerber empfangen hatten.

«Nanu? Haben wir uns verzählt?», murmelte sie halblaut, während sie kurz die abgehakten Namen auf Banerjee Liste noch einmal überflog. «Nein, es sind alle zehn Kandidaten hier erschienen!»

Es klopfte erneut, dieses Mal ein wenig energischer.

«Tja, wenn wir wissen wollen, warum es klopft, sollten wir wohl jetzt besser ‚herein' rufen!», meinte Rolfhardt ganz pragmatisch. Und setzte seine Worte auch sogleich in die Tat um: «Herein bitte!»

Zögerlich öffnete sich die hellbraune Echtholztür, und der Kopf einer schwarzhäutigen Frau mit kurzer Kraushaar-Frisur und knallroten Ohrclips lugte in den Raum hinein. Braune Augen schauten dem neugierig-erwartungsvollen Dämonenjäger-Trio aus einem leicht pausbäckigen Gesicht ein wenig verunsichert entgegen.

«Nur herein, meine Gute!», ermunterte Rolfhardt den unerwarteten 11. Gast dieses Tages, und winkte sie zu sich und den anderen beiden heran. «Wir beißen nicht!»

Nach letzteren Worten knuffte er Michael herzhaft in die Seite, weil dieser es sich nicht verkneifen konnte, dabei zu kichern.

Zögernd trat die Frau ein, die Crystal spontan auf um die 30 Jahre schätzte. Von Statur her eher eine stabile Figur, bei einer Körpergröße etwa 1.75 Meter. Sie trug ein schwarzes, recht modisches Kostüm, mit der dazu passenden, schwarzen Handtasche über dem linken Arm. Auf jeden Fall hatte sie eine sympathische Ausstrahlung, was sie schon mal von einem großen Teil der vorherigen Bewerber und Bewerberinnen unterschied.

«Bin ... bin ich hier richtig bei ESP Investigations?», erkundigte sich der Neuankömmling zögerlich, wobei sie von einem Zettel in ihrer rechten Hand ablas.

«Das sind sie, meine Liebe!», bestätigte Crystal freundlich und wies auf einen Sessel vor dem niedrigen Couchtisch. «Darf ich fragen, mit wem wir hier die Ehre haben?»

«Oh, wie? Ach natürlich!», antwortete die dunkelhäutige Frau. «Entschuldigen Sie bitte. Sonst bin ich nicht so auf den Mund gefallen. Doch unter diesen Umständen ... mein Name ist Anna Mulgraw.»

«Fein, Misses Mulgraw», sagte Crystal, während sich die Frau setzte. «Aber was meinten Sie mit ,diesen Umständen'? Hat Mister Banerjee sie zu uns geschickt? Entschuldigen Sie, wenn ich so umständlich Frage. Wir dachten, wir hätten heute schon alle Bewerber für den zu vergebenden Posten vorsprechen lassen.»

«Ich kenne leider keinen Mister Banerjee ...», lautete die verblüffende Antwort von Misses Mulgraw. «Und wenn ich ihnen erkläre, wer mich geschickt hat, halten sie mich sicherlich für verrückt!»

Rolfhardt lachte hell. «Das wäre je wirklich mal eine Abwechslung. Normalerweise erklären uns die Leute verrückt, wenn sie erfahren, mit was wir unser Geld verdienen! Nun, lassen wir es darauf ankommen, und sie erzählen uns alles. Das ist sicherlich ebenfalls im Interesse meiner beiden Kollegen hier.»

«Nun ...», begann Misses Mulgraw gedehnt, nachdem sie Platz genommen hatte. «Bis vor kurzem arbeitete ich im Sekretariat einer kleinen Kanzlei. Leider ist der Inhaber dieser Kanzlei bei einem Verkehrsunfall ums Leben gekommen. Da es niemanden gab, der dort die Nachfolge übernehmen wollte, saß ich von jetzt auf nachher sozusagen auf der Straße. Natürlich begann ich gleich damit, nach einem neuen Job Ausschau zu halten. Doch die bisherigen Möglichkeiten erwiesen sich entweder als eher uninteressant, oder ich war überqualifiziert.» Die Dame seufzte tief. «Wenn ich allerdings nichts anderes finde, werde ich wohl eine dieser Stellen annehmen müssen.»

«In der Not frisst der Teufel Eichhörnchen», warf Michael ein und erntete dafür drei erstaunte Blicke. «Na ja, ist so ein deutsches Sprichwort», schob er deshalb schnell noch eine Erklärung hinterer. «Aber bitte, Miss Mulgraw, ich wollte sie eigentlich nicht unterbrechen. Fahren sie fort!»

«Gut. Also, wie erwähnt, die Jobangebote erwiesen sich als relativ uninteressant. Und mit solchen Gedanken ging ich abends zu Bett. Tja, dann begannen diese Träume ...»

«Sagen Sie bloß, sie haben von uns geträumt?», rief Crystal verblüfft aus, und auch die beiden Männer tauschten erstaunte Blicke aus.

«Von ihnen direkt – nein ...», lautete die Antwort der 11. Bewerberin. «Aber von jemand, der mich zu ihnen geschickt hat. Sie müssen wissen, dass ich sonst zwar auch träume, diese Träume aber meist am Morgen schon wieder vergessen habe. Doch dann – dann erschien mir dieses Mädchen im Traum. Sieben, höchstens acht Jahre alt. Dieses Kind bat mich immer wieder eindringlich, mich bei einer speziellen Ermittlungsfirma zu melden. Man bräuchte mich da dringend. Das wiederholte sich Nacht für Nacht. Das nahm dann jedes Mal an Intensität zu. Das fühlte sich, ehrlich gesagt, etwas unheimlich an. Vor allem, als ich herausfand, dass es die Traumfirma wirklich gibt. Dass sie spezielle Ermittlung durchführen. Und das hier tatsächlich eine Sekretärin gesucht wird.»

«Das Mädchen ...», fragte Crystal mit sprunghaft gewachsenem Interesse. «Ist ihnen das Kind bildlich erschienen? Könnten sie es mir vielleicht beschreiben, Misses Mulgraw?»

«Nennen sie mich doch bitte Anna», bot der unerwartete Gast an, dann nickte sie zu Crystals Frage. «Ja, kann ich tatsächlich. Und ich versichere ihnen allen, ich habe das Mädchen vorher noch nie in meinem Leben getroffen. Ich schätze sie auf acht Jahre, höchstens neun. Sie hatte langes, zu einem Pferdeschwanz gebundenes strohblondes Haar. Ein hübsches Gesicht, mit einem Ausdruck von Ernst darin, welches es für das Alter viel zu erwachsen wirken ließ. Und ...«, Anna Mulgraw lachte kurz, «... ich glaube es ja selber nicht: Sie nannte mir sogar im Traum ihren Namen. Sie heißt Belinda. Belinda Carlisle ...»

«BELINDA?» Crystals überraschter Aufschrei sorgte dafür, dass nicht nur Anna erschrocken zusammenzuckte. Auch die Männer reagierten ziemlich verblüfft. Natürlich zum einen wegen Crystals heftiger Reaktion. Zum anderen aber auch, weil beide wussten, um wen es sich bei dem beschriebenen Mädchen handelte.

Nun war es an Anna Mulgraw, Überraschung zu zeigen. «Sagen sie bloß, sie wissen, von wem ich geträumt habe? Das ist ja völlig ... unglaublich, oder?», fragte sie die Geisterjäger mit großen Augen.

«Und doch ist es so!», bestätigte der weibliche Kopf der Paraermittlertruppe. «Außerdem gibt es da eine ganz gewaltige Parallele zu ihnen, liebe Anna», führte sie dann weiter aus, nachdem sie einmal tief durchgeatmet hatte. «Belinda ist uns niemals persönlich begegnet. Auch mein Kontakt mit ihr fand auf der Traumebene statt.»

«Ist nicht wahr!» Kaum das es möglich erschien, wurden Annas Augen noch größer bei dieser Erklärung.

«Doch, es ist so!», bekräftigte Crystal. «Das geschah kurz, nachdem wir drei uns zusammenfanden. Belinda sandte mir im Traum einen Hilferuf, weil sie sich große Sorgen um ihre Großmutter machte. Diese schickte sich nämlich an, unter

dem Einfluss unheilvoller Mächte, eine verhängnisvolle Kreuzfahrt auf der MS SERPENTIA anzutreten. Ich habe keine Erklärung dafür, wie das kleine Mädchen den Kontakt ausgerechnet zu mir bekam. Am wahrscheinlichsten ist es, dass Belinda über außersinnliche Kräfte verfügt. Eine andere Möglichkeit fiel uns dazu nicht ein.» Sie unterbrach sich kurz, um einen Schluck Wasser zu trinken. «Jedenfalls sind wir drei damals Hals über Kopf aufgebrochen. Was zu unserem ersten
Einsatz im Metier des Kampfes gegen die Mächte des Bösen,
des NEGEM zu führen. Genauer gesagt, gegen eine Horde
Schattennymphen und Satyre. Und ich kann ihnen sagen, da
ging es heftig zur Sache!»

Nach dieser kurzen Erklärung trat eine kleine Pause
ein, innerhalb der die Augen von Anna stumm zwischen den
drei Geisterjägern hin- und her wanderten.

«Schattennymphen und Satyre!», wiederholte sie
schließlich mit trockenem Tonfall. «So etwas hört man nicht
alle Tage! Und ich befürchtete wegen meinen Träumen schon,
dass ich langsam aber sicher überschnappe! Doch wenn es
dieses Mädchen namens Belinda in Wirklichkeit gibt – wer von
den beiden Herren hier ist dann der Vampir?» Mit diesen Worten fasste sie Rolfhardt und Michael in den Blick.

Die schauten sich völlig überrascht an. «Sagen sie
bloß, das hat ihnen Belinda auch im Traum erzählt?», erkundigte sich Rolfhardt, mit dem Gesichtsausdruck eines Mannes,
der sich ertappt fühlte.

Anna nickte nur kurz zur Bestätigung.

«Moment ...», sagte Michael, ebenfalls völlig geplättet
von der Frage Annas. «Ihnen erzählt ein wildfremdes Mädchen
im Traum, sie sollen sich hier bewerben. Und einer von uns sei
ein Vampir - und sie kommen trotzdem vorbei? Hat sie diese
Vorstellung denn nicht erschreckt?»

«Ich fürchte mich vor ziemlich wenig», erklärte Anna

freimütig. «Das Mädchen erschien mir im Traum sehr Vertrauens- und glaubwürdig. Vor allem, nachdem ich herausfand, dass es diese Firma wirklich gibt! Noch dazu mit Sitz in „The Shard"! Und einen Vampir kennenzulernen, nun, ich dachte, das könnte interessant sein!»

Rolfhardt lachte geradeheraus als Reaktion auf diese Aussage. «Da muss man älter als 200 Jahre werden, um so eine erfrischende Erst-Begegnung zu haben! Meine furchtlose Gnädigste – der Vampir bin ich. Gestatten: Rolfhardt Ethelbert Ronan bald von Schressen-Fux!» Er legte Michael seinen Arm um die Schulter. «Und der süße Knuddel hier rechts neben mir ist Michael Fux. Kein Vampir, aber demnächst mein angetrauter Ehemann. Mein Herzblatt. Die Liebe meines Lebens ...»

«Ist ja, gut, ist ja gut ...», wehrte Michael errötend die Liebesbekundungen seines Verlobten ab. Und an Anna gewandt sagte er: «Bevor sie fragen, Anna: Rolfhardt ist ein weißer Vampir. Er tötet nicht, um sich zu nähren. Deshalb wandelt er am Tag und liebt, sehr zu meinem Leidwesen, Knoblauchbrot über alles. Sie werden die ‚schmutzigen' Einzelheiten erfahren, wenn sie für uns arbeiten. Darum her mit ihren Qualifikationen. Wir beraten uns und dann wird unsere Chefin entscheiden!»

Anna Mulgraw öffnete ihre Handtasche und entnahm ihr ein Bewerbungsportfolio, welches sie Crystal überreichte. «Hier gefällt es mir jetzt schon!», merkte sie dazu an. «Sie drei kommen absolut sympathisch rüber. Man spürt von Anfang an, dass es da eine besondere Verbundenheit zwischen ihnen gibt. Das scheint mir genau die Art von einem interessanten Job zu sein, nach dem ich suche. Ich hoffe sehr, dass meine Referenzen sie drei überzeugen.»

«Mit ihrer zusätzlichen Referenz haben sie gute Karten, Anna», meinte Crystal augenzwinkernd.

«Meine zusätzliche Referenz?»

«Aber ja! Die von Belinda Carlisle!», erklärte die im momentan rothaarige Crystal lächelnd. «Die junge Dame hat sie bestimmt nicht ohne guten Grund im Traum an uns verwiesen. Sie scheint wohl der Meinung zu sein, dass sie bestens zu uns passen. Wir sehen jetzt in Ruhe ihre Referenzen durch. Darf ich Sie bitten, dafür einen Moment draußen im Vorraum Platz zu nehmen, während wir uns damit beschäftigen? Wir rufen sie dann anschließend wieder zu uns herein!»

Nachdem die dunkelhäutige Bewerberin den Raum verlassen hatte, sagte Michael zu Crystal: «Ist das zu fassen? Meinst du, ihr ist Belinda wirklich im Traum erschienen?»

Die smarte Britin nickte ernst und fuhr ein paarmal mit ihren Händen durch ihre schulterlangen Haare, die daraufhin ihre Farbe von Rot zu dunkelbraun änderten. Ihr Äußeres zu ändern war eine der seltsamen Fähigkeiten Crystals. Die Männer hatten sich zwischenzeitlich schon daran gewöhnt.

«Du siehst, wie sich meine Haarfarbe radikal verändert, nur, weil ich in Gedanken wollte, dass es geschieht», sagte sie zu Michael. «Das ist eins meiner Talente. Und erinnere dich daran, wie es zwischen uns in Cadwrigham House zu einem mentalen Kontakt kam. Seither besteht eine tiefe Verbindung zwischen uns. Enger als bei blutsverwandten Geschwistern. Ach was sage ich: Fast noch enger, möchte ich meinen! Richtig?»

«Ich verstehe, auf was du anspielst, meine Liebe», erwiderte der schlanke Deutsche. «Belindas Talent ist die Traumkommunikation. Das hat sie ja bei dir unter Beweis gestellt. Warum also sollte sie nicht auch mit Anna auf diese Weise kommunizieren? Für mich ist nur unbegreiflich, wie sie das anstellt!» Er schüttelte seinen Kopf und vollführte mit beiden Händen eine Geste des Nichtverstehens. «Es leben Millionen Menschen auf dieser Insel! Wie schafft sie es da so auf die Schnelle einen davon herauspicken, und mal so eben zum Bewerbungsgespräch ins The Shard zu uns schicken? Woher weiß sie überhaupt, dass wir jemand wie Anna für unser Team suchen?» Das jungenhafte Gesicht des ehemaligen Versicherungsmaklers war ein einziges, großes Fragezeichen.

«Belinda verfügt offensichtlich über ein größeres Wissen, als es ein Mensch in ihrem Alter überhaupt haben sollte», lautete Crystals nachdenklich gegebene Antwort. «Mädchen wie sie sollten Pyjama-Partys mit Freundinnen veranstalten, lachen und unbeschwert ihre Jugend genießen. Und sich nicht mit finsteren Mächten herumschlagen, so wie wir Erwachsene! Ich glaube wirklich, dass wir sie unbedingt einmal besuchen müssen! Dieses ungewöhnliche Kind sollten wir kennenlernen, und zwar in Person, nicht nur über Träume!

Aber zurück zu deinen Fragen, mein Freund: Ich spüre, dass Anna die Wahrheit sagt, wenn sie von diesem Traum berichtet. Außerdem – woher könnte sie sonst die Information erhalten haben, dass ein waschechter Vampir zu unserer illustren Runde zählt?» Sie zwinkerte Rolfhardt mit den Augen zu, der die Geste erwiderte. «Hier vertraue ich voll und ganz auf meine Intuition. Und den Bewerbungsunterlagen!» Sie nahm Annas Mappe und entnahm ihr die darin enthaltenen Dokumente. «Und mit diesen Unterlagen beschäftigen wir uns jetzt. Anschließend stimmen wir ab. Einverstanden?»

Die Männer stimmten beide zu, wohl wissend, dass man Crystals Intuition weitaus mehr trauen konnte, als jeder Statistik im Fernsehen. Also kehrte für einige Minuten konzentrierte Stille ein, während man sich eingehend der Vita und den Referenzen der dunkelhäutigen Bürokraft widmete.

«Mhm, hört sich absolut vielversprechend an ...», murmelte Michael halblaut bei der Durchsicht vor sich hin. «Organisiert, kompetent, Fels in der Brandung, teamfähig, multitaskingfähig, freundlich, souverän, durchsetzungsfähig – ich lese hier keine einzige, schlechte Beurteilung.»

Rolfhardt, mit seiner über zweihundertjährigen Lebenserfahrung, nickte ebenfalls anerkennend. «Ich kann hier auch nichts Negatives zwischen den Zeilen der Arbeitszeugnisse herauslesen», ergänzte er Michaels Feststellungen. «Das ist alles tadellos, wenn ich mich nicht irre!»

Auch Crystal schloss sich der Meinung der beiden Männer an. «Mir scheint, wir haben hier die Idealbesetzung für unsere Geisterdetektei gefunden – wenn sie denn die Stelle auch antritt.»

«Wie meinst du das, ‚wenn sie diese Stelle auch antritt‘?, hakte Michael bei der Freundin nach.

«Na, von einem Vampir gehört zu haben, und es mit fürchterlich unheimlichen Zeitgenossen zu tun bekommen, sind zwei paar Stiefel!», erläuterte die Londonerin ihre Gedankengänge. «Nicht, dass sie uns schreiend aus dem Büro rennt, wenn es ernst wird!»

Michael schüttelte seinen Kopf. «Aber nein ...» , hielt er dagegen. «So schätze ich sie nun wirklich nicht ein. «Wir haben es doch schwarz auf weiß gelesen: ein Fels in der Brandung!»

«Rufen wir sie wieder herein und führen das Abschlussgespräch, dann sind wir schlauer», schlug Rolfhardt vor, woraufhin seine beiden Freunde zustimmten.

«So, Anna ...», eröffnete Crystal die zweite Gesprächsrunde, während sie die Unterlagen der Bewerberin wieder ein wenig ordnete. «... ihre Referenzen sind einwandfrei. Natürlich besitzen sie für den Job auch die notwendige Qualifikation. Ihre Bewerbung, so ungewöhnlich, wie sie ist, passt absolut genau zur Beschreibung dieses Arbeitsplatzes. Denn hier werden sie mit dem Ungewöhnlichen konfrontiert.»

«Gehört da auch dazu, dass sie ihre Haarfarbe eben mal so wechseln können, Misses Blair?», erkundigte sich Anna Mulgraw freundlich lächelnd.

«Ein Punkt für ihre Aufmerksamkeit!», entgegnete Crystal anerkennend. «Ja, das ist eine meiner Fähigkeiten. Aber bei weitem nicht das Ungewöhnlichste, was ihnen bei ESP Investigations begegnen wird. Wissen Sie, für was das ‚ESP‘ in unserem Firmennamen steht?»

«Extrasensory Perception», kam die Antwort wie aus der Pistole geschossen. «Also außersinnliche Wahrnehmung. Was die meisten Menschen allerdings für Humbug halten.»

«Sie auch?»

Anna lachte kurz. «Nach diesem Traumerlebnis?», fragte sie zurück. «Sicherlich nicht. Schon, und auch, weil in unserer Runde ja ein Vampir ...», sie zwinkerte Rolfhardt zu, «... ein Vampir sitzt. Wie er selbst zugibt. Ein sehr sympathischer Vampir, übrigens. Allerdings – den Beweis ist er mir dafür noch schuldig!»

Das veranlasste Rolfhardt umgehend dazu, seine Vampirzähne erscheinen zu lassen, was Anna mit großen Augen registrierte. Dabei konnte man keinerlei Schreckreaktion an ihr beobachten. Sie betrachtete den Vorgang eher mit einem nüchternen Interesse. Nachdem der smarte Wiener seine Zähne wieder in den Normalzustand zurückversetzte, entschlüpfte ihr nur ein kurzes, leises, beeindrucktes ‚Wow!'

«Dieser Punkt der Rubrik ‚Unerschrockenheit' geht auch an sie, Anna», stellte Crystal zufrieden fest. «Um noch einmal auf unsere Arbeit zu sprechen zu kommen: Das Übernatürliche ist das Metier, in welchem wir uns bewegen. Daher bekommen sie es als unsere Sekretärin mit vielen außer- und ungewöhnlichen Anfragen zu tun. Standardanfragen gewöhnliche Natur, die man bei normalen Detekteien verortet, interessieren uns nicht und sind vom Ungewöhnlichen zu trennen. Da vorab eine Auswahl zu treffen, wird eine ihrer Aufgaben sein. Dazu kommen Korrespondenz, Buchhaltung, Telefonkontakt, Recherche, Betreuung von Kunden und gelegentlich auch aktive Beteiligung an unseren Fällen. Könnten Sie sich das vorstellen?»

«Unbedingt!», bejahte Anna die Frage der Agenturchefin mit Nachdruck. «Ich bevorzuge abwechslungsreiche Tätigkeiten! Hört sich ideal für mich an!»

«Was die Arbeitszeit angeht, so haben wir Standard-Bürozeit von 09.00 bis 17.00 Uhr, mit Pause natürlich», fuhr Crystal fort. «Je nach Fall und Auftragslage sind jedoch auch zusätzliche Zeiten oder Arbeit an Wochenenden möglich. Mit entsprechenden Zuschlägen. Manchmal, wenn es die Sicherheitslage eines Falles erfordert, arbeiten wir auch von unserer Residenz im Blair House. Die ist besonders gegen negative Kräfte abgesichert. Wie sieht es damit aus? Schließlich hätte das immerhin eine gewisse Auswirkung auf ihr Privatleben.»

Anna Mulgraw schüttelte ihren Kopf. «Ich bin flexibel, was das angeht. Das stellt für mich somit kein Problem dar. Aktuell lebe ich in keiner festen Beziehung, die darunter leiden könnte. Haustiere sind ebenfalls nicht zu versorgen. Und meine Grünpflanzen zuhause sind Kummer gewöhnt!»

«Das ist ausgezeichnet», erwiderte Crystal mit feinem Schmunzeln um die Lippen. «Über Urlaubsanspruch und Gehalt werden wir uns sicherlich auch einig. Ich möchte nur noch einmal eindringlich auf Folgendes hinweisen: Rolfhardt hier ist ein lebender Vertreter des Übernatürlichen, und er steht mit uns auf der Seite des Lichts, des sogenannten POSEM. Wenn sie bei ESP-Investigations arbeiten, werden Sie mit sehr erschreckenden Wesenheiten der Gegenseite konfrontiert, die man NEGEM nennt. Das, was man zu diesem Thema im Reality-TV anbietet, ist ein Schluck warmes Wasser dagegen!» Die smarte Britin unterstrich ihre Worte mit eindeutiger Geste und ernstem Gesicht.

«Sie brauchen Nerven wie Drahtseile und dürfen nicht die Flucht ergreifen, wenn Ihnen die Knie weich werden!», ergänzte Rolfhardt ebenso ernst. «Das Leben eines Kollegen könnte davon abhängen. Ist ihnen das bewusst, Anna?»

«Ich habe drei ältere Brüder», lautete die nüchterne Antwort. «Die schenkten mir nichts. Da habe ich gelernt, mich durchzusetzen. So schnell werde ich also nicht die Flucht ergreifen, darauf gebe ich Ihnen Brief und Siegel, Mister Vampir!»

«Rolfhardt genügt. Meinen langen Namen merken sich sowieso nur die wenigsten. Ich schätze, Belinda hat eine ausgezeichnete Wahl getroffen, indem sie Sie uns geschickt hat. Sie scheinen mir für den Job hier bestens geeignet!»

«Dem schließe ich mich an», pflichtete Michael dem drahtigen Wiener bei. «Unser Mitarbeiter Malcolm McDearmitt, unser Computer-Spezialist, hat ein Dossier über unsere bisherigen Fälle zusammengestellt. Außerdem einige grundlegende Infos, die Art unserer Arbeit betreffend. Speziell, was Schutzmaßnahmen angeht. Diese sind elementar wichtig! Finstere Mächte agieren ohne jede Rücksicht und ohne Skrupel. Wenn wir unseren Schutz vernachlässigen, könnte das unser Todesurteil bedeuten. Auch ihres, wenn Sie für uns arbeiten, Anna! Daher müssen sie diese Maßnahmen im Schlaf können!»

«Meine Kollegen haben es auf den Punkt gebracht», hakte Crystal an dieser Stelle ein. «Wenn Sie deswegen Bedenken haben, wäre nun der Zeitpunkt, einen Rückzieher zu machen. Ansonsten spreche ich, auch im Namen von Michael und Rolfhardt, die Einladung aus, dem Team von ESP-Investigations als neue Mitarbeiterin beizutreten, sobald sie anfangen können!»

«Das ist ganz wunderbar!», freute sich Anna sichtlich. «Bedenken meinerseits bestehen keine. Eher bin ich noch etwas neugieriger auf den Job geworden. Ich verspreche, mich sehr gründlich einzuarbeiten und alle Ratschläge und Hinweise zu verinnerlichen und zu befolgen. Wann ich anfangen kann? Ist sofort zu schnell?»

«Hui!», machte Michael und lachte lauthals. «Sie sind ja eine von der fixen Truppe! Nun, umso besser für uns! Dadurch, dass unsere Arbeit sehr viel Abwesenheit mit sich bringt, ist es dringend notwendig, hier vor Ort eine zuverlässige Kraft sitzen zu haben. Die koordinieren kann. Und die uns den Rücken freihält. Und da wir schon über Informationen und Regeln sprachen: Wir bevorzugen im Team die informelle Schiene. Also nenne mich Michael. Wenn das ‚Du' überhaupt OK ist.»

«Das kommt mir sehr gelegen, Michael», antwortete Anna freundlich. «Da fühle ich mich sofort heimisch. Lassen wir die Förmlichkeit unter den Tisch fallen. Das ‚Du' ist absolut OK!»

«Dann kümmern wir uns mal um deinen Arbeitsvertrag, Anna!» Crystal ergriff eine vorbereitete Mappe und entnahm ihr die Vertragsunterlagen, die sie anschließend zusammen mit Anna ausfüllte.

Während sich die beiden Frauen mit den Formalitäten beschäftigten, begaben sich Michael und Rolfhardt in die kleine Küche der Büroetage, um von dort eine Flasche Sekt und vier Gläser zu holen. Der doch noch erfolgte Neuzugang im Team schrie geradezu nach einem Schluck des sprudelnden Getränkes. Die zehn Bewerbern und Bewerberinnen davor hatten die Lage ja eher hoffnungslos aussehen lassen.

Die übersinnlichen Umstände von Annas Bewerbung passten dagegen eins zu eins zum Team der ESP-Ermittler. Anna würde sicherlich auch gut mit Rissi und Malcolm zusammenarbeiten, da waren sich die beiden Männer ziemlich sicher. Und bei Bruder Jonathon und Pater O'Flaherty sahen sie ebenfalls keine Bedenken. Alles in allem schien Anna Mulgraw die perfekte Wahl für das Team zu sein.

Nachdem Erledigung des Vertragskrams, stießen sie gemeinsam mit dem Sekt auf den Neuzugang an. Man unterhielt sich noch eine ganze Zeit lang, um sich ein wenig besser kennenzulernen. Als Rolfhardt und Michael von ihrer in Bälde bevorstehenden Hochzeit berichteten, bot Anna spontan an, bei der Organisation zu helfen, wofür sich die Männer herzlich bedankten. Zum Abschluss vereinbarten sie, dass Arbeitsbe-

ginn für Anna der kommende Montag sein sollte. Malcolm Mc-
Dearmitt würde ebenfalls anwesend sein, um ihren Bildschirm-
arbeitsplatz einzurichten, und sie ins System einzuweisen. Außerdem bekäme sie dann auch die Zugangskarte und den per-
sönlichen Sicherheitscode überreicht. Was dann die offizielle
Aufnahme ins Team bedeutete. Die anderen Teammitglieder
sollte sie in der kommenden Woche ebenfalls kennenlernen.

Nach etwa zwei Stunden trennte man sich dann voneinander. Alle Beteiligten gingen mit einem sehr guten Gefühl in
Bezug auf die zukünftige Zusammenarbeit auseinander.

Die nächsten Wochen vergingen wie im Flug. Der Termin für
die Trauung von Rolfhardt und Michael rückte rasch näher.
Beide Männer zeigten sich durchaus aufgeregt vor lauter Vorfreude auf das bevorstehende Ereignis. Rolfhardt, weil er sein
Glück kaum fassen konnte. Der 1732 in Wien geborene Mann
liebte Michael, wie er kaum jemand vor ihm geliebt hatte. Nur
einmal, im jungen Alter von 20 Jahren, gab es einen anderen
Mann in seinem Leben. Den Vicomte Adolfe de Bausanne, einen Diplomaten und französischen Adligen. Er verführte den
unerfahrenen Rolfhardt, der damals unsterblich für den edlen
Franzosen entflammt war. Dieser Graf entpuppte sich allerdings als Vampir, der es liebte, Männer zu seinesgleichen zu
machen, um sie dann fallen und in Verzweiflung versinken zu
lassen, an der er sich weidete.

Entsetzt hatte sich Rolfhardt von ihm abgewandt und einen Weg gefunden, sein Schicksal in die eigenen Hände zu
nehmen, und einem Leben als schwarzmagisches Monster ab-
zuwenden, um weiterhin im Licht der Sonne existieren zu können. Mehr noch, er brachte den skrupellosen Vicomte zur Strecke. Damals entwickelte sich ein tiefes Misstrauen gegenüber
engeren Beziehungen zu anderen Menschen. Wer würde sein
Leben mit jemanden teilen wollen, der regelmäßig eine gewisse Menge Blut zu sich nehmen musste?

Gewiss, in all den Jahren seiner Existenz, da gab es Liebeleien, und schon mal die eine oder andere, länger andauernde Liebschaft. Doch vor einer echten, tiefen Beziehung schreckte er als gebranntes Kind immer im letzten Moment zurück.

Dann traf er jedoch zum ersten Mal auf Crystal und Michael, vor Blair House, bei Angriff durch die schwarzen Dämonenwölfe auf die beiden. Da hatte bei dem im Grunde zutiefst einsamen Mann der Blitz eingeschlagen. Rolfhardt verliebte sich Hals über Kopf in den schlanken, zurückhaltenden, hübschen und klugen jungen Mann aus Deutschland! Nach mehr als 200 Jahren floss sein Herz über vor Liebe. Als Michael ihn dann letztlich seinem Werben nachgab, fühlte sich der Wiener Vampir so glücklich wie noch niemals vorher in seinem Leben.

Michael wiederum hatte eine gewissen Zeit benötigt, ehe er sich über seine Gefühle Rolfhardt gegenüber im Klaren geworden war. Zum einen, weil er beinahe als Opfer und Mahlzeit eines schwarzen Vampirs geendet hätte. Zum anderen, weil ihm seine eigene Homosexualität erst kurz vor dem Zusammentreffen mit Crystal zu Bewusstsein gekommen war. Ausgerechnet mit seinem Schwager in spé hatte er geschlafen. Und war prompt dabei von seiner Schwester Elisabeth, der Braut des Mannes, in flagranti erwischt worden. Danach ergriff er schleunigst die Flucht in Form eines überstürzten Urlaubs, um sich in Großbritannien eine gewisse Auszeit zu gönnen. Sozusagen in sicherer Distanz zu Deutschland. Er brauchte unbedingt Zeit, um sich über das eigene Gefühlschaos im Klaren zu werden. Was ihn dann direkt in die Fänge eines grausamen Vampirs, des Earls of Cadwrigham führte, nachdem sein Leihwagen mitten in der Nacht und im Regen eine Panne hatte, und Michael ausgerechnet in Cadwrigham House Unterschlupf suchte.

In dem düsteren Anwesen kam es zum ersten Zusammentreffen mit der dort ebenfalls gefangen gehaltenen Crystal

Blair. Durch den geistigen Kontakt und dem daraus folgenden Zusammenwirken gelang es beiden, aus Cadwrigham House flüchten. Sozusagen als Schicksalsgenossen beschlossen sie dann später in London, zusammen mit Rolfhardt, den Kampf gegen die Finstermächte aufzunehmen.

Von seiner Flucht nach England, bis zum jetzigen Zeitpunkt, hatte er nur sporadischen Kontakt zu seinen Eltern gehalten. Meist per Mail oder WhatsApp. Manchmal telefonierten sie auch miteinander. Seine Schwester Elisabeth anzurufen, das hatte er aus Scham über das Vorgefallene seither vermieden. Seinen Bruder Horst hatte er ebenfalls außen vor gelassen, wenn auch aus anderen Gründen. Er und Michael standen sich nie besonders nahe. Horst, der als Energieanlagenelektroniker immer auf den ‚Versicherungsfuzzi‘, den er in seinem jüngeren Bruder sah, abfällig herabschaute, weilte zudem beruflich viel im Ausland. Darum hatten sie kaum nennenswerten Kontakt zueinander. Auf diesen legte Michael im Falle seines Bruders aber auch keinen besonderen Wert.

Michael hatte sich jedoch vorgenommen, das Verhältnis zu seiner Schwester zu klären. Sie und er standen sich von klein auf ziemlich Nahe. Und er vermisste den intensiven Kontakt mit ihr sehr. Um so erfreuter fühlte er sich, als sie auf die Einladung zu seiner Hochzeit positiv reagierte und diese annahm. Seine Eltern sagten natürlich ebenfalls sofort zu. Vor allem seine Mutter freute sich, ihren jüngsten Sohn endlich mal wieder in die Arme nehmen zu können, nachdem sie sich ja nun schon über ein Jahr nicht mehr gesehen hatten.

Zu solch einem Ereignis musste er natürlich auch seinen Bruder einladen. Das hätte schon seine Mutter von ihm verlangt. Die Antwort von Horst fiel erwartungsgemäß aus. Kein ‚Danke für die Einladung‘, oder ‚freut mich für dich‘. Nur ein dürres ‚bin in Indien‘ kam zurück. Natürlich enttäuschte das Michael, obwohl er nicht wirklich eine andere Reaktion erwartet hatte. Gerade an diesem besonderen Tag hätte er sich gefreut, die nähere Familie komplett um sich zu haben. Doch er grämte sich nicht lange. Dafür freute er sich umso mehr auf seine Eltern und Elisabeth.

Aber je näher deren Ankunft bevorstand, desto nervöser und aufgeregter fühlte sich Michael. «Du bist hippelig wie eine Jungfrau vor ihrem ersten Sex», spöttelte Rolfhardt gutmütig. «Beruhige dich, mein Herzblatt! Dir wird niemand den Kopf abreißen!»

«Dich hat ja auch nicht deine Schwester beim Sex mit ihrem Verlobten erwischt!», lautete Michaels Entgegnung. «Und du musstest ihr Gesicht dabei nicht sehen. Ich wäre damals vor Scham am liebsten auf der Stelle im Boden versunken.»

«Wenn sie dich nicht sehen wollte, hätte sie die Einladung zur Hochzeit nicht angenommen», gab Rolfhardt zu bedenken. Ein Argument, dessen Stichhaltigkeit man nicht von der Hand weisen konnte. Dieser tröstliche Gedanke beruhigte den jungen Mann dann doch ein wenig. Rolfhardt liebevollen Zuwendungen taten ihr übriges dazu.

Die vergangene Zeit kam dem ehemaligen Versicherungsmakler wie ein Wimpernschlag vor, als der April anbrach, der Monat der Vermählung mit Rolfhardt. Am 9. April, einem Sonntag, stand Michael aufgeregt wie ein Schuljunge, in der Ankunftshalle von Heathrow-Airport und wartete darauf, das der Lufthansa-Fug aus Stuttgart landete.

Der junge Geisterjäger war natürlich viel zu früh am Flughafen eingetroffen. Denn mit seinen Hummeln im hinter, wie seine Mutter es ausgedrückt hätte, hielt er es in Blair House nicht mehr aus. Zwar hatten sowohl Rolfhardt, als auch Crystal angeboten, ihn nach Heathrow zu begleiten. Doch es war ihm lieber gewesen, seine Familie erst mal alleine in Empfang zu nehmen. So fiele es ihm leichter, meinte er zu seiner

Freundin und seinem künftigen Ehemann, seiner Schwester unter die Augen zu treten.

Endlich zeigte die große Anzeigentafel im Ankunftsbereich an, dass der Flug aus Stuttgart gelandet war. Nun konnte es nicht mehr lange bis zum Zusammentreffen dauern. Was letztlich dazu führte, das sich Michaels Nervosität zu verdoppeln schien. Nicht einmal bei seinen Abiturprüfungen war er so aufgeregt wie jetzt!

Im nächsten Augenblick hörte er laut eine weibliche Stimme «Da ist er ja, unser Junge!» rufen. Ganz unverkennbar das Organ seiner Mutter Lydia, die da ohne jede Mühe den Trubel im Ankunftsbereich übertönte. Ehe er recht wusste, wie ihm geschah, drückte sie ihn auch schon an ihre Brust.

«So lange haben wir uns nicht gesehen!», kommentierte sie das Ganze auf die leicht vorwurfsvolle Art, wie nur Mütter es so ausdrücken können. Dann lehnte sie sich zurück, wobei sie ihn an den Schultern hielt und prüfend betrachtete.

«Aber gut siehst du aus, mein Sohn!», freute sie sich. «Richtig gut. Wie das blühende Leben! Deine neue Arbeit und das Leben in London scheinen dir gut zu tun. Findest du nicht auch, Werner?»

Das galt Michaels Vater, dem großen, breitschultrigen Schreinermeister, mit Schnauzbart und graumeliertem Haar. Der kommentierte das mit einem gebrummten ‚Hm'. Nachdem seine Frau den jüngsten Sohn aus ihrer herzlichen Umarmung entließ, begrüßte auch Werner Fux seinen Sohn. Allerdings weitaus weniger überschwänglich, wie zuvor Michaels Mutter. Da genügte eine kurze Umarmung, ein leichter Klaps auf die Schulter und ein gemurmeltes «Hallo Sohnemann!».

Blieb nur noch das dritte Familienmitglied, welches im Tross mit den Eltern in die Ankunftshalle gekommen war, Michaels drei Jahre ältere Schwester Elisabeth. Vor ihr hatte Michael ja vor rund eineinhalb Jahren nach dem Vorfall mit ihrem Ex-Verlobten die Flucht ergriffen. Zumindest teilweise. Der überstürzt angetretene England-Urlaub diente auch als Flucht vor sich selbst. Denn bis zu der Eskapade mit Rolf hatte er nicht einmal im Ansatz daran gedacht, dass er eigentlich auf Männer stand. Danach musste der Versicherungsmakler einfach den Kopf freibekommen, um während seines Urlaubes über sich selbst im Klaren zu werden. Was dann ja bekanntermaßen dazu führte, dass er in den Bann dunkler Mächte geriet, und nun gemeinsam mit seinen Freunden eben diese dunklen Mächte jagte.

Nach der Begrüßung seines Vaters stand Michael nun ein wenig verloren wirkend vor seiner Schwester. «Hallo Lizzie ...», druckste er verlegen herum, traute sich aber nicht, sie wie früher einfach zu umarmen.

Elisabeth schaute ihn aus zusammengekniffenen Augen an. Zwar nur für einen kurzen Zeitraum, der ihrem Bruder aber wie eine Ewigkeit vorkam. Dann grinste sie breit und zeigte mit ausgestrecktem Arm auf Michael.

«Schaut ihn euch an ...», sagte sie lachend zu ihren Eltern. «Da steht das personifizierte schlechte Gewissen!» Dann wendete sie sich ihrem Bruder zu und sagte: «Komme schon her, Bruderherz! Ich bin dir schon lange nicht mehr böse!»

Die beiden Geschwister umarmten sich. Michael spürte, wie ihm eine Zentnerlast von den Schultern wich.

«Es tut mir wirklich leid ...», setzte er zu einer Erklärung an.

Doch Elisabeth unterbrach ihn sogleich. «Rolf hat mir gestanden, dass alles auf seinem Mist gewachsen war. Er hatte schon länger ein Auge auf dich geworfen. Dann verführte er dich zuerst zum Joint rauchen, anschließend brachte er dich dazu, mit ihm in die Kiste zu hüpfen. Mein Auftritt kam ungeplant. Aber weißt du was?»

Michael zuckte verblüfft und fragend mit den Schultern.

«Im Grunde bin ich froh, dass es passiert ist!»

Ihr kleiner Bruder riss überrascht die Augen auf und

starrte Elisabeth sprachlos an.

«Doch, doch, es ist so!», versicherte seine Schwester mit Nachdruck. «Wie sich nämlich herausstellte, bist du nicht seine einzige ‚Eroberung' gewesen. Rolf hat alles besprungen, was nicht gleich bei drei auf den Bäumen saß. Egal ob Männlein oder Weiblein. Während er mit mir verlobt war, hatte er ein gutes Dutzend Affären. Außerdem war er Stammgast in Swinger-Clubs und bei Gang-Bang-Orgien. Hätte ich ihn nicht dabei erwischt, wie er dich mit dem Joint willfährig machte, um dich in die Kiste zu bekommen, hätte ich den Mistkerl womöglich geheiratet! Das wäre dann erst die richtige Katastrophe gewesen! Insofern bin ich gerade noch einmal mit einem blauen Auge davon gekommen. Also, atme ruhig durch. Es ist alles gut zwischen uns, Brüderchen! Ich kenne dich schließlich und weiß, dass du das niemals vorsätzlich getan hättest.»

Michael stieß die Luft aus, die er unwillkürlich angehalten hatte, während die ganze Anspannung von vor der Ankunft seiner Familie schlagartig von ihm abfiel. Spontan umarmte er seine Schwester erneut.

«Das ist das schönste Geschenk, das du mir zu meiner Hochzeit machen konntest!», sagte er unendlich erleichtert zu ihr. «Du glaubst gar nicht, wie sehr mir das auf der Seele lastete!»

«Wenn du nicht panikartig das Land verlassen hättest, wäre es mir möglich gewesen, dich schon früher von dieser Last zu befreien», meinte Elisabeth augenzwinkernd. «Das wir dich dann anderthalb Jahre nicht mehr zu sehen bekommen, hat schließlich keiner von uns erwartet.»

«Genau, Lizzie», schlug ihre Mutter mit leichtem Tadel in die gleiche Kerbe. «Kannst du dir unsere Überraschung vorstellen, als wir erfuhren, dass du deinen Job bei der Versicherung gekündigt hast? Da sind wir alle völlig von den Socken gewesen. Und was bist du jetzt? Privatdetektiv? Wie bist du nur auf diesen Trichter gekommen?»

«Ich werde alles ausführlich erklären, wenn wir in Blair House sind», antwortete Michael vertröstend. «Das ist alles ein wenig zu kompliziert, um es mit ein paar Worten in der Ankunftshalle des Flughafens vor euch auszubreiten. Da gibt es viel mehr zu berichten. Und das ist dringend nötig, damit ihr mein neues Leben überhaupt versteht. Auch, wie *besonders* mein Verlobter ist. Eines verspreche ich aber jetzt schon: Es wird euch aus den Schuhen hauen!»

Es folgte ein typischer Satz seines Vaters, der alle zum Schmunzeln brachte: «Junge, Junge, Junge!»

Elisabeth knuffte ihren Bruder in die Seite. «Weißt du eigentlich, was du da gerade angerichtet hast? Mama wird vor Neugierde vergehen, bis wir bei euch im Haus sind!»

«He!», protestierte Frau Fux umgehend. «Willst du etwa behaupten, ich sei neugierig?»

«Aber nein, Mama ...», entgegnete ihre Tochter. «Das würde mir doch nie im Traum einfallen!»

«Dann lasst uns die Wartezeit für euch verkürzen und ins Parkhaus gehen», schlug Michael vor. «Um so schneller sind wir in Blair House. Der Verkehr rund um Heathrow ist nämlich eine Herausforderung für sich. Soll ich deinen Koffer nehmen, Mama?»

«Nein, nein, mein Junge», lehnte Frau Fux das Angebot ab. «Den Trolley hinterher ziehen macht keine Mühe. Geh du nur vor, wir folgen dir!»

«Na dann los, Leute!»

Michael übernahm die Führung ihrer kleinen Gruppe und steuerte durch das Labyrinth von Hallen und Wegen den Parkbereich des riesigen Flughafens an. War der Airport in Frankfurt am Main schon groß, so gestaltete sich Heathrow im Vergleich geradezu übermächtig. Sich da zurechtzufinden, stellte absolut eine kleine Herausforderung dar. Doch Michael schaffte den Rückweg zum Auto, ohne sich zu verlaufen.

Als sie seinen Parkplatz erreichten, fielen seinem Vater

fast die Augen aus dem Kopf, als er sah, was für ein Fahrzeug da auf sie wartete.

«Du lieber Himmel!», rief er überwältigt aus. «Das ist ja ein Bentley! Und was für einer!»

«Richtig erkannt, Paps», bestätigte Michael. «Ein Bentley Mulsanne Executive Interiour, aus unserem Fuhrpark in Blair House!»

Michaels Vater ließ es sich nicht nehmen, einmal ganz um das silbermetallic-farbene Luxusauto herumzulaufen, wobei er glänzende Augen bekam. Darin glich er völlig seinem Sohn, der beim ersten Anblick dieses Traumautos ebenso schwärmerisch reagierte.

«Der ist ein Traum! Und kostet mindestens ...»

«Mindestens, Paps!», unterbrach Michael Herrn Fux sanft. «Der fährt sich auch weich wie Butter. Allerdings verbraucht er in der heutigen Zeit eine erhebliche Menge an Sprit. Wir wollen ihn deshalb gegen eine modernere Hybrid-Version austauschen. Der Wagen wird ja überwiegend nur für repräsentative Zwecke benutzt. Oder, um wichtige Personen abzuholen. Wie euch, natürlich! Aber jetzt verstauen wir erst einmal euer Gepäck. Dann steigt bitte ein, damit wir los können. Es sind ungefähr 20 Kilometer bis nach Blair House.»

«Welcher Stadtteil ist das nochmal?», erkundigte sich seine Mutter beim Einsteigen.

«Richmond. Im Longfield Drive. Am Ende einer Stichstraße, an einen Wald und Park angrenzend. Ich bin schon auf eure Gesichter gespannt, wenn wir dort ankommen! Blair House ist nämlich ziemlich ... ungewöhnlich.»

«Noch mehr Ungewöhnliches?» Elisabeth musste lachen, während sie mit ihrer Mutter im Fond Platz nahm. «Das wächst sich ja zu einer Mystery-Show aus, kleine Bruder!»

Der lachte ebenfalls. «Nach eineinhalb Jahren muss ich euch doch etwas zum Wiedersehen bieten. Und ihr werdet überrascht sein, das Versprechen gebe ich euch. So, bitte anschnallen. Du auch Papa – du kannst die Ledersitze im Parkdeck von Blair House stundenlang streicheln. Aber auch in England gilt die Gurtpflicht!»

Nachdem sich alle ordnungsgemäß gesichert hatten, startete Michael den Wagen und steuerte ihn aus dem Parkhaus direkt auf die Autobahn M4, welche den Flughafen mit London verband. Da Sonntag war, herrschte nur mäßiger Verkehr, so dass sie zügig und ohne Stau vorankamen.

«Du fährst ziemlich souverän durch den Linksverkehr, Junge!», lobte sein Vater ihn nach ein paar Minuten.

«Ich hatte genug Zeit zum üben, Paps», antwortete Michael. «Du scheinst allerdings Probleme damit zu haben. Ich merke, wie du dauern zusammenzuckst und mitbremst ...»

«Nimm's mir nicht übel, mein Sohn», entschuldigte sich Werner Fux. «Ich sitze zum ersten Mal auf dem Beifahrersitz eines Rechtslenkers. Es ist ein komisches Gefühl, sich einerseits da zu befinden, wo auf dem Kontinent der Fahrer sitzt, andererseits aber nicht ins Fahrgeschehen eingreifen zu können. Da zucken die Nerven dann ganz von selbst. Das ist keine subtile Kritik an deinem Fahrstil. Das passiert ohne mein Zutun.»

Michael lachte herzhaft. «Dann bin ich ja beruhigt. Aber wenn es dich tröstet: Ich kam mir vor, als hätte ich noch nie hinter einem Steuer gesessen, als ich vor anderthalb Jahren hier in England zum ersten Mal in den Mietwagen stieg und losgefahren bin. Da habe ich auf den ersten Kilometern einen mächtigen Stau hupender Autos samt genervter Autofahrer verursacht. Das ist vielleicht eine Show gewesen!»

«Oh, das kann ich mir lebhaft vorstellen», schmunzelte sein Vater. «Mir würde es vermutlich ebenso gehen, wenn ich hier ein Auto lenken müsste.»

Der Wagen der Familie hatte zwischenzeitlich den Gunnersbury Park links liegen lassen und bog in den großen

Chiswick Roundabout ein. Michael nahm dann die Ausfahrt zur A205 in Richtung Kew Gardens. Diesen Landschaftspark passierten sie rechter Hand, nachdem sie die Kew Bridge überquert und den Stadtteil Richmond erreicht hatten. Nun war es nicht mehr weit bis zum Longfield Drive. Michael freute sich schon diebisch auf die erste, große Überraschung, die seine Familie hier erleben würde. Die im Übrigen mit der Besonderheit des gegen finstere Mächte wirkungsvoll abgeschirmten Anwesens von Blair House zu tun hatte.

Michaels heimliche Freude wuchs beim Erreichen der Stichstraße, über die man nach Blair House kommen konnte. Bereits hier begann der magische Schutz des Anwesens. Wie auch immer Crystals geheimnisvoller, nach wie vor unbekannter Vater Rachmon es bewerkstelligt hatte – für nicht Eingeweihte, unbedarfte oder zufällige Besucher, sowie schwarzmagische Wesen 'endete' diese Stichstraße in einer kleinen Wendeplatte. Dahinter schien es nur eine von zwei Baumreihen durchsetzte, mit Gras, Sträuchern und größeren Steinen durchsetzte Wiese zu geben, bevor im Hintergrund ein Wäldchen begann, hinter dem das riesige Gelände des Richmond Parks begann. Nichts deutete auf ein weiteres Bauwerk hin.

Michael stoppte den Bentley auf der kleinen Wendeplatte und wartete innerlich grinsend auf die unweigerlich folgende Reaktion seiner Familie auf die Umgebung.

«Nanu, Junge ...», meldete sich auch prompt seine Mutter. «Wo sind wir denn hier gelandet? Da ist doch gar nichts! Ich dachte, du wolltest mit uns zu eurer Residenz, diesem Blair House fahren!»

«Hast du dich etwa verfranzt?», feixte seine Schwester auf dem Rücksitz.

«Kind, London ist eine riesige Stadt, da verfahren sich sogar mal die Einheimischen», sprang dafür Michaels Vater seinem Sohn bei. «Micha ist ohne Navi gefahren und ist durch uns abgelenkt gewesen. Da kommt so etwas schon mal vor. Ist doch nicht schlimm!»

«Solange er weiß, wie er weiterfahren muss?», meinte daraufhin Michaels Mutter. «Du weißt es doch, Junge, oder?»

«Du kannst beruhigt sein, Mama», antwortete ihr Sohn lachend. «Macht euch bereit für die erste Überraschung!»

Mit diesen Worten fuhr er wieder los. Er selbst nahm die vor ihnen weiterführende Stichstraße ja wahr, während seine Familie immer noch nur die Grünfläche mit den Baumreihen sah.

«Micha, halt!», rief sein Vater erschrocken aus. «Die Wiese ist doch voller Gebüsch und Felsen! Du beschädigst ja damit den teuren Wagen ...»

Der Rest des Satzes blieb ihm im Hals stecken, denn vor seinen und den Augen seiner Frau und Tochter tauchte plötzlich die zum Anwesen führende Straße auf. Das Nächste, was Michaels Familie deshalb von sich gab, waren vielstimmige Ausrufe grenzenloser Überraschung.

«Aber ... aber ...!», stieß Herr Fux perplex hervor, während er ungläubig durch die Windschutzscheibe starrte und sich die Augen rieb..

«Wo kommt denn die Straße auf einmal her?», sprach dafür seine Frau aus, was ihn, sie und Elisabeth so erstaunte.

Und seine Schwester schüttelte unentwegt fassungslos den Kopf. «Wie ist denn so etwas bloß möglich? Eben nur eine Wiese. Im nächsten Moment aber eine Straße? Das grenzt an Zauberei!» Sie gab ihrem Bruder von hinten einen Klaps auf die Schulter. «Wie funktioniert dieser Trick, Bruderherz? Sind das Projektionen auf die Fenster des Wagens gewesen? Bist du nun unter die Zauberer gegangen? Sag schon!»

«Mit den Zauberern hast du nicht ganz Unrecht, Lizzie», erklärte Michael schmunzelnd. «Das hat mit der speziellen Art von Fällen zu tun, mit denen wir uns bei ‚ESP-Investigations' beschäftigen. Blair House ist deshalb mit einer besonderen Abschirmung versehen, die es Uneingeweihten und Angehörigen negativer Kräfte unmöglich macht, Haus und Anwesen wahrzunehmen. Für diese endet, wie zuvor für euch, die Straße an der Wendeplatte. Wärt ihr ohne mich weitergegangen, hättet ihr nach ein paar Metern den dringenden Wunsch verspürt, wieder umzukehren. Und das ist nur eine von vielen Schutzmaßnahmen.»

Michaels Vater schaute daraufhin seinen Jungen nachdenklich von der Seite an. «Ich befürchte fast, mit der Bezeichnung ,negative Kräfte' sind keine gewöhnlichen Verbrecher gemeint. Da steckt etwas ganz anderes dahinter. Richtig, Sohnemann?»

«Du bist auf der richtigen Spur, Papa», bestätigte Michael. «Ihr bekommt bald alles erklärt. Aber nun – wir sind da! Willkommen in Blair House!»

Der Bentley hatte vor dem großen, schmiedeeisernen Tor zum Grundstück angehalten. Michaels Eltern und seine Schwester richteten den Blick neugierig nach vorne – und erlebten die nächste Überraschung.

«Das ist ja ...», setzte Frau Fux zu sprechen an, starrte dann aber nur noch mit offenem Mund auf das Bild vor ihr..

«Bombastisch!», brachte es dafür ihre Tochter auf den Punkt.

Und in der Tat! Blair House hinterließ bei jedem, der es zum ersten Mal erblickte, einen sehr, wirklich sehr nachhaltigen Eindruck!

Zuerst sah man einen doppelt mannshohen, schmiedeeisernen Zaun, der das gesamte Gelände umgab. Das war ein Quadrat von gut 150 mal 150 Meter, was einer Fläche von um die 22.500 m² entsprach. An den jeweiligen Ecken, und auch auf halber Strecke dazwischen, befanden sich steinernen Säulen. Ebenso beim großen Tor, vor dem der Silber-metallicfarbene Bentley gerade stand.

Besonders ins Auge stachen die vielen Ornamente, mit denen der Metallzaun durchsetzt war. Hierbei handelte es sich um magische Schutzzeichen zur Abwehr schwarzmagischer, dem NEGEM zuzuordnenden Kräften. Hinter dem Zaungitter verliefen in verschiedenen Abständen Metalldrähte. Diese dienten zum einen als Detektordrähte, zum anderen konnten sie auch elektrischen Strom führen.

Hinter dem Zaun erhob sich ein großes, zweistöckiges, beigefarbenes Gebäude mit Flachdach, über das in der Mitte eine astronomische Kuppel emporragte. Die Fenster des Erdgeschosses besaßen alle Gitter aus massiven Eisenstäben. Im ersten Stock gab es einen rundum-laufenden, zurückversetzten Balkon.

«Bevor ihr fragt ...», erläuterte Michael, «... das Haus hat die Form eines Pentagons. Also ein Fünfeck. Das Mauerwerk im Inneren macht daraus dann noch einen fünfzackigen Stern, ein Pentagramm. Die von hier aus sichtbare Breite des Baus beträgt sechzig Meter. Die Spitze des ersten Stockwerks ragt weiter vor, als es der Haupteingang im Erdgeschoss tut. Darum bildet es ein Vordach darüber. Ein Wasserlauf mit Wasser aus einer geweihten Quelle umfließt das Haus und mündet zu beiden Seiten in dem Wasserbecken mit dem kleinen Springbrunnen, den ihr durch das Gitter vor dem Eingangsbereich erkennen könnt. Um den Springbrunnen herum geht es zum Eingang. Für die Autos führt der Weg nach unten zum Untergeschoss, wo die große Garage ist. Da werden wir gleich aussteigen!»

Wie aufs Stichwort öffneten sich in diesem Moment die beiden Portalhälften des schmiedeeisernen Tores vor dem Bentley, ohne dass Michael irgendeinen Knopf gedrückt hätte.

«Erkennt das Tor automatisch eure Autos?», erkundigte sich deshalb sein Vater bei ihm.

«Nein, das funktioniert hier mit Gedankenbefehl», lautete die lapidare Antwort. Und nachdem Michael die

Verwunderung seines Vaters bemerkte, ergänzte er: «Das Zufahrtsportal und der Eingang des Hauses reagieren, wenn ein Befugter in Gedanken darum bittet, das Tor oder die Tür zu öffnen. Und natürlich auch umgekehrt. Noch so eine Besonderheit hier, allerdings kompliziert zu erklären. Ein mentaler Türöffner, wenn man so will.»

Sein Vater schenkte ihm einen zweifelnden Blick, verkniff sich aber weitere Nachfragen. Er wusste, sein Sohn log ihn nicht an. Und wenn dieser sagte, es funktioniere mittels Gedankenbefehl, dann war das auch so. Selbst wenn es sich im ersten Moment unglaublich anhörte.

Der Wagen fuhr wieder an und steuerte auf die Abfahrt zu, die zum Untergeschoss mit der Garage führte. Seine Familie konnte währenddessen kaum den Blick von dem imposanten Haus nehmen. Das Staunen setzte sich im Untergeschoss fort, als Michael das mittlere von drei großen Garagen-Rolltoren ansteuerte, welches sich soeben öffnete. Langsam rollte der Bentley in die an der Frontseite sechzig Meter breite und bis zu fünfzehn Meter tiefe Großgarage. Dort parkten weitere elf Wagen. Darunter ein Lexus, ein Range Rover, ein Mini und ein Smart Fourfour.

«Du liebe Güte!», entfuhr es Elisabeth Fux. «Von dem, was da steht, könnte man sich ja eine Nobelvilla kaufen! Das hat die Welt noch nicht gesehen! Wenn ich das meinem Liederkreis erzähle, erklären die mich für verrückt!»

«Imposant, nicht wahr?» Man merkte Michael an, dass er stolz auf diese Ausstattung war. «Für unsere Aufträge brauchen wir zuweilen verschiedene Fahrzeuge. Deswegen auch Familienkutschen wie der Kombi da hinten, oder der Mitsubishi-SUV. Bei Observierungen ist es manchmal notwendig, die Autos zu wechseln, um nicht aufzufallen!»

Er fuhr ein Stück am Tor vorbei und steuerte dann im Rückwärtsgang den freien Parkplatz im Mittelteil der Halle an, während sich das Garagentor wieder schloss, kaum das sich der Bentley zum Stillstand kam..

«Aussteigen bitte. Und willkommen in Blair House. Unserem Domizil und unser Hauptquartier!»

«Ich glaube, ihr müsst mich mal zwicken. Sonst kann ich das alles hier ja kaum glauben!», meinte seine Mutter, nachdem sie ausgestiegen waren und das Gepäck ausluden. «Du hast zwar gesagt, dass du in einem großen Haus lebst, aber das hier? Das sprengt alle Dimensionen, die ich bisher kannte!»

«Warte ab, bis du den Rest des Hauses siehst!», sagte Michael. «Aber nun kommt zu den Aufzügen, dann brauchen wir die Koffer nicht in den ersten Stock zu schleppen. Ich zeige euch eure Zimmer, danach stelle ich euch der Hausherrin und meinem Verlobten vor. Die freuen sich schon, euch alle kennenzulernen!»

Elisabeth und ihre Mutter blickten sich vielsagend an. «Die haben hier Aufzüge, Mama! Hast du das gehört? Aufzüge! Mein Bruder ist unter die Krösuse gegangen! Aufzüge!»

«Ja, ist ja schon gut, Lizzie!», brummelte Micha, weil seine Schwester ihn mit den Aufzügen ,aufzog'. «Ich hab das Haus ja nicht gebaut. Ich wohne nur hier.»

Er schnappte sich den Koffer seiner Mutter und steuerte die im Hintergrund der großen Halle gelegenen Aufzüge an, dort wo die Lagerbereiche lagen, rechts und links des Eingangs zum leeren Raum. Der im Übrigen deswegen so hieß, weil er tatsächlich leer war. Aber an seiner Stirnseite befand sich jene Wand, in der Crystal das Portal zur Zwischenwelt öffnen konnte.

«Paps, du und Mama könnt den linken Lift nehmen, Lizzie und ich fahren rechts ins Erdgeschoss hoch. Da steigen wir dann um in den Aufzug zum ersten Stock.»

Im Aufzuginneren fragte Elisabeth ihren Bruder: «Sag mal, dieses Haus muss ja Unsummen gekostet haben! Wer kann sich denn so etwas leisten?»

«Der geheimnisvolle Vater von Crystal Blair», antwortete Michael freimütig. «Aber bevor du weiter fragst: Außer seinen Namen wissen wir praktisch nichts von ihm. Nicht mal Crystal selbst. Ich erinnere mich noch wie heute, als wir zum ersten Mal erfuhren, auf was Crystal alles Zugriff hatte. Nicht nur dieses Haus, sondern auch noch ein Riesenvermögen und weitere Immobilien. Das war in einem Coffee-Shop hier mitten in London. Der Schock hat Crystal glatt ohnmächtig unter den Tisch rutschen lassen. Immerhin haben wir so die Mittel an die Hand bekommen, die wir für unseren Kampf benötigen!»

«Euren Kampf?», wiederholte Elisabeth überrascht. «Das hört sich ja sehr martialisch an. Wirst du uns davon erzählen? Ich meine, so vage bekomme ich eine Vorstellung, mit was du dich in deinem neuen Leben herumschlägst. Wenn auch nur ein Teil von dem, was ich denke, zutrifft ... muss ich mir dann Sorgen um dich machen?»

«Nein, musst du nicht, Lizzie», versuchte Michael seine Schwester zu beruhigen. «Ihr werdet alles erfahren. Mit Crystal und meinem Verlobten Rolfhardt bin ich übereingekommen, dass wir keine Geheimnisse vor euch haben wollen. Einzige Ausnahme: unser älterer Bruder. Da muss ich darauf bestehen, dass er, was meine Arbeit angeht, außen vor bleibt. Du weißt selbst am besten, wie Hotte ist. Wir hatten nie ein gutes Verhältnis zueinander. Und jetzt – aussteigen bitte, wir müssen den Lift wechseln.»

Draußen auf dem Gang warteten sie kurz auf ihre Eltern, dann nahmen sie den Aufzug des Zentralbaus in den ersten Stock hinauf.

«Genau gegenüber befindet sich das große Wohnzimmer», erklärte Michael, nachdem sie dort den Lift verließen. «Da ist es sehr gemütlich. Auf der einen Seite gibt es eine gut bestückte Bar, auf der anderen die TV-Landschaft mit einem Riesen-QLED-TV-Gerät. Das ist schon fast wie Kino. Kommt, es geht hier entlang ...»

Er schritt voran, indem er sich auf dem Gang nach rechts wandte. Nach etwas mehr als zehn Meter kam die erste Gangkreuzung. «Hier links herum kommt man in unsere Computer- und Informationszentrale, rechts runter, wo wir lang gehen, an unserem Fitnessraum vorbei. Den könnt ihre selbstverständlich benützen, wann immer ihr wollt.»

Nach weiteren zwölf Metern erreichten sie den Hauptgang, von dem die Zimmertüren abgingen. «Wir haben euch hier in den Zimmern 13 und 14 untergebracht. Sie werden euch gefallen. Sie sind schön groß! Außerdem besitzt jedes Zimmer sein eigenes Bad und WC.»

«Aber natürlich», merkte Elisabeth freundlich-spöttisch an. «Etwas anderes hätte ich auch nicht erwartet! Aber nur 14 Zimmer?»

Michael verdrehte die Augen. «Du wieder ...», stöhnte er gespielt genervt. «OK, hier das äußere Zimmer ist die 14, das ist für Lizzie vorgesehen. Gleich daneben die 13 für Mama und Paps.» Dann zeigte er auf das Gangende. «Dort befindet sich eine Wendeltreppe nach unten. Wenn ihr die runtergeht, ist gleich auf der rechten Seite der Speisesaal. Den benutzen wir, wenn wir in großer Runde essen. In kleiner Runde sitzen wir meist in der Küche, am großen Küchentisch. Dorthin kommt man, wenn man den Speisesaal durchquert. Wenn es euch recht ist, essen wir heute zusammen in der Küche zu Abend. Rolfhardt kocht uns etwas Leckeres. Wir sind dann auch nur die kleine Runde, also mit ihm, Crystal und mir.»

«Hört sich gut an, mein Junge», stimmte Lydia Fux zu. Ihr Mann und Elisabeth pflichteten ihr bei.

«Ausgezeichnet!», freute sich Michael. «Dann bezieht erst mal eure Zimmer, packt aus und erholt euch ein wenig von der Reise. Auf den Zimmern findet ihr Wasserkocher, Tassen, eine Auswahl von Tee und Kaffee, sowie Milch und

Zucker. Da könnt ihr euch gerne etwas davon zubereiten. In den kleinen Zimmerkühlschränken habe ich euch Wasser, Säfte und verschiedene Limos kalt gestellt. Auch alkoholfreies Bier für Paps. Ich hole euch dann in ...», er warf einen Blick auf seine Armbanduhr, «... sagen wir drei Stunden ab, OK? Dann gehen wir gemeinsam in die Küche hinunter, wo ihr meinen zukünftigen Mann kennenlernt, und natürlich die Hausherrin, Crystal Blair. Also bis nachher, meine Lieben.»

Nachdem Michael verschwunden war, schüttelte Elisabeth ihren Kopf. «Ist es nicht faszinierend, auf welche Weise mein kleiner Bruder durch das Leben stolpert? Schaut euch nur dieses Haus an! Was sagte er? Allein 14 Zimmer! Und jedes mit Bad und Ausrüstung wie in einem großen Hotel! Man könnte neidisch werden!»

«Könnte man, bin ich aber nicht», meinte ihre Mutter. «Ich gönne es ihm. Er macht so einen ... kompletten Eindruck auf mich. Versteht ihr, was ich meine?»

Ihr Mann nickte dazu. «Ja, unser Junge wirkte zum ersten Mal seit langem wieder ganz bei sich. Nicht abwesend, nicht zerstreut, nicht flatterhaft. Seinen Job als Versicherungsmakler mochte er nicht wirklich. Was er jetzt macht, liegt ihm offensichtlich viel mehr. Habt ihr nicht bemerkt, wie souverän er mit dem Bentley vom Flughafen hierher gefahren ist? Die neue Umgebung, seine neuen Freunde, die Arbeit und auch noch der Partner fürs Leben – das tut ihm unglaublich gut. Und wenn es ihm gut geht, dann bin auch ich zufrieden. Wenngleich ich fürchte, dass uns einige Dinge in seinem neuen Leben nicht so gefallen werden.»

Elisabeth pflichtete ihm bei. «Diese ganzen Schutzmaßnahmen für ein Haus, das selbst eine Trutzburg zu sein scheint. Ich fürchte, das hat mit solchen Sachen zu tun, die sie in manchen Reality-Formaten im Fernsehen zeigen. Dieses paranormale Zeug meine ich.»

«Nun, spekulieren wir hier nicht auf dem Gang herum», unterbrach Frau Fux das Gespräch. «Ich mache mir jetzt eine Tasse Kaffee, packe aus und lege mich ein Stündchen hin. Heute Abend erfahren wir mehr.»

«Wo sie recht hat ...», meinte ihr Mann, öffnete die Tür zum Zimmer 13 und trug die Koffer hinein.

«Also bis später, Lizzie», verabschiedete sich Frau Fux von ihrer Tochter und folgte ihrem Mann.

Und auch Elisabeth Fux zog sich nun in ihr Zimmer zurück, um sich nach der Reise ein bisschen Ruhe zu gönnen.

Rolfhardt rannte geschäftig in der großen Küche von Blair House hin und her. Crystal, die gerade den massiven Holztisch eindeckte, beobachtete ihn amüsiert dabei. Eigentlich gab es für ihn im Moment nicht wirklich etwas zu tun. Das Essen war gekocht, der leichte Rotwein entkorkt und dekantiert, die Gäste konnten also kommen. Trotzdem packte der Wiener verschiedene Küchenutensilien von einem Platz zum anderen und wieder zurück. Kurz gesagt, er war ein kleines Nervenbündel.

«Nun halt doch mal die Füße still, Rolfhardt!», kommentierte Crystal sein unruhiges Treiben. «Du bist ja schlimmer drauf, wie ein Primaner vor dem Abitur! Wie kann man nur so nervös sein!»

«Du hast gut reden!», verteidigte sich Michaels Verlobter. «Man trifft nicht jeden Tag seine Schwiegereltern in spe, plus Schwägerin. Ich wurde in mehr als 200 Jahren noch nie Schwiegereltern vorgestellt. Was, wenn ich alles falsch mache? Oder sie mich nicht mögen? Vor allem, wenn sie erfahren, wie speziell der künftige Mann ihres Sohns und Bruders ist? Darauf konnte mich selbst ein über zweihundertjähriges Leben nicht vorbereiten!»

«Das kann ich sogar nachvollziehen», gab sich Crystal mitfühlend. «Von dieser Warte aus betrachtet muss das für dich in der Tat eine seltsame Situation sein. Aber wenn Michaels Familie nur halb so zugänglich wie er selbst ist, dann habe ich keine Bedenken. Oh – ich glaube, sie kommen jetzt!»

Im nächsten Moment öffnete sich die Küchentür und Michael kam mit seiner Familie im Schlepptau zu Rolfhardt und Crystal herein.

«So, da sind wir, Leute!», rief er fröhlich. Nur, wer genau hinhörte, bemerkte ebenfalls eine Spur Nervosität in seiner Stimme. «Das sind meine Eltern Lydia und Werner Fux, und meine Schwester Elisabeth. Und hier haben wir die Hausherrin und beste Freundin Crystal Blair.»

«Es ist mir eine Freude, sie kennenzulernen», begrüßte Crystal die Gäste in ihrem Haus. «Michael hat uns schon einiges von seiner Familie erzählt, so dass es an der Zeit war, sich endlich einmal persönlich zu treffen!»

«Die Freude ist ganz auf unserer Seite, Mrs. Blair», erwiderte Werner Fux die Begrüßung und reichte Crystal die Hand.

«Oh bitte, lassen wir die Förmlichkeiten, ja?», sagte Crystal freundlich. «Nennen sie mich Crystal, in Ordnung?»

«Das machen wir gerne, nicht wahr, Werner?», antwortete Lydia Fux, die als Nächste die Hand der Gastgeberin schüttelte.

«Na dann, freut mich, dich kennenzulernen!», schloss Elisabeth die Runde ab. «Wir sind schon gespannt darauf, mehr über dich und euren Job zu erfahren. Mein Bruder erging sich ja bisher nur in nebulösen Andeutungen.»

«Nach dem Essen, wie versprochen», übernahm Michael die Antwort. «Jetzt möchte ich euch den Mann vorstellen, den ich liebe, und den ich nächstes Wochenende heiraten werde: Das ist Rolfhardt. Rolfhardt Ronan Ethelbert von Schressen, um genau zu sein.»

«Es ist mir eine Ehre, euch alle kennenzulernen», begrüßte Rolfhardt galant die Familie seines zukünftigen

Mannes, ergriff die Hand von Lydia Fux und deutete einen vollendeten Handkuss an. «Küss die Hand, gnädige Frau.»

«Nein, wie formvollendet!», freute sich Frau Fux sichtlich. «Das nenne ich mal Manieren. Schön, dich kennenzulernen, mein Junge. Huh – und was für ein hübscher Mann! Kein Wunder, das mein Sohn bei dir schwach geworden ist!»

Rolfhardt schaffte es tatsächlich, bei diesem Kompliment rot zu werden, und wandte sich deshalb schnell dem nächsten weiblichen Gast zu, Elisabeth Fux.

«Du sollst also mein Schwager werden?», sagte die zu dem charmanten Wiener. «Ohne Zweifel eine Augenweide, da schließe ich mich der Meinung meiner Mutter an. Aber ich warne dich: Wehe, du machst meinen Bruder nicht glücklich! Er hat zwar so seine kleinen Macken, aber er ist der liebste Mensch auf der Welt. Darum verdient er eine glückliche Beziehung!»

«Du kannst sicher sein, dass ich alles für ihn tun werde!», antwortete Rolfhardt ernst. «Wirklich alles! Ich habe lange, sehr lange auf einen Mann wie ihn gewartet. Fast hatte ich schon aufgegeben, meinen Seelenverwandten zu finden. Bis Michael vor mir stand, und ich mich Hals über Kopf in ihn verliebte!»

Nun reichte Werner Fux Rolfhardt die Hand. «Überrascht hat uns die Nachricht schon», gestand Michaels Vater ein, während er Rolfhardt die Hand schüttelte. «Aber wenn er glücklich ist, dann sind wir es auch. Wenn man sich liebt, ist doch das Geschlecht völlig einerlei. Ich freue mich darauf, dich in den Tagen bis zur Hochzeit besser kennenzulernen!»

«Dann fangen wir am besten beim Essen damit an!», rief Michael und klatschte in die Hände. «Nehmt bitte Platz. Rolfhardt hat für uns alle gekocht!»

«Oh, du kannst kochen?», freute sich Lydia Fux,

während sie sich an den großen Holztisch setzte. «Was gibt es denn schönes?»

«Ich wollte zuerst ein paar süddeutsche Gerichte kochen, aber Michael meinte, das könntet ihr jeden Tag essen, ich solle lieber einheimische Küche anbieten. Also entschied ich mich für Mulligatawny-Suppe, Fish'n Chips, und zum Nachtisch Yorkshire Pudding mit Custard. Ich hoffe, es ist mir gelungen.»

«Das hört sich ja lecker an!», freute sich Elisabeth. «Ich bin schon gespannt auf deine Kochkünste. Soll ich beim Auftragen helfen?»

«Nein, nein, Lizzie!», wehrte Michael entschieden ab. «Ihr seid Gäste. Rolfhardt und ich servieren. Was wollt ihr trinken? Rotwein, Bier, Limo, Wasser?»

«Einen leichten Rotwein und Wasser bitte», bat seine Mutter. Dem schlossen sich sein Vater und seine Schwester an, so dass sich schließlich alle für diese Kombination entschlossen.

Beim Essen unterhielt man sich zwanglos über Verschiedenes, zumeist jedoch über Michaels Familie und sein Leben in Deutschland. Denn der hatte zuvor darum gebeten, dass man über die Arbeit und darüber, wie er, sein künftiger Mann und Crystal zusammenkamen, erst danach, in etwas gemütlicherer Atmosphäre sprechen wollte. Sein einleuchtendes Argument lautete, dass man dies nicht einfach so nebenher beim Essen erledigen konnte. Dafür seien die Umstände eben zu kompliziert und komplex, um sie zwischen Suppe und Fisch zu erläutern.

Also saß man geraume Zeit später ein Stockwerk höher in der gemütlichen Sitzgruppe des großen Wohnzimmers beieinander, wo Michaels Familie nun gespannt darauf wartete, was ihnen ihr Sohn eröffnen wollte.

«Du hast wundervoll gekocht, Rolfhardt!», lobte Lydia Fux die Kochkünste des Wieners. «Wo haben sie denn das gelernt? Ich meine natürlich wo hast du das gelernt?» Sie nahm dankend eine Tasse Kaffee entgegen, die ihr der Gelobte gerade reichte.

«Oh, über die Jahre habe ich hier und dort ausreichend Gelegenheit gehabt, meine Kochkünste zu verfeinern», lautete dessen diplomatische Antwort.

«Na, so alt bist du doch auch noch nicht, Rolfhardt», wandte Elisabeth ein.

«Da kann man sich täuschen, Elisabeth. Aber warte nur noch ein bisschen ab, dann werdet ihr alles besser verstehen. Hoffe ich jedenfalls ...»

«Ihr macht es wirklich spannend bis zuletzt», meinte Michaels Schwester belustigt. «Wann kommt denn nun das große Geheimnis?»

«Jetzt, Lizzie», antwortete Michael und nahm ebenfalls eine Tasse Kaffee von Rolfhardt entgegen, der sich anschließend neben seinen Verlobten setzte.

Er atmete noch einmal tief durch, warf einen langen Blick in die Runde und räusperte sich.

«Bevor ich beginne, möchte ich voraus noch einmal darauf hinweisen, dass alles, was ich und meine Freunde berichten werden, der vollen Wahrheit entspricht. Mag es euch auch noch so bizarr und schwer zu glauben vorkommen», begann er bedeutungsschwer. «Auch ich hätte all das in meinem alten Leben nicht für möglich gehalten. Aber ihr müsst akzeptieren, dass es mehr auf der Welt gibt, als der Normalbürger zu wissen glaubt. Wir beschäftigen uns, wirklich grob vereinfacht gesagt, mit der Geisterjagd!»

«Es ist nicht das Gleiche wie in diesen pseudodokumentarischen Fernsehreihen, in der Geisterjäger sehr viel Aufhebens um fast nichts machen», ergänzte Crystal ernst. «Das, was dort abläuft, ist nur der Bruchteil einer Spitze des Eisberges.»

«Genau!», fuhr Michael fort. «Finstere, bösartige

Kreaturen gibt es wirklich. Sie sind nicht nur reine Erfindung der Horror-Literatur oder der örtlichen Folklore. Es sind die Kräfte des Negativen, des NEGEM. Mann kann sie auch Finsterwesen, Dämonen oder Kreaturen der Nacht nennen.»

«Dem stehen die Kräfte des Positiven, des POSEM gegenüber, auf deren Seite wir stehen», fügte Rolfhardt hinzu. «Zwei Seiten des ewigen Kampfes zwischen Gut und Böse.»

«Das erklärt zumindest die ganzen ‚Schutzmaßnahmen' für dieses Anwesen, die wir schon so mitbekommen haben», brummte Michaels Vater, nachdem er seine Überraschung überwunden hatte. «Wie bist du denn bloß zu all dem gekommen?»

«Eigentlich durch eine Lappalie: eine Autopanne ...» Michael berichtete nun von Anfang an, wie er in jener verhängnisvollen Nacht Schutz und Hilfe in dem Landsitz Cadwrigham House suchte und dort in den Bann dunkler Mächte geriet. Seine Familie lauschte gebannt der Schilderung, wie sein Leben am seidenen Faden hing und er als Appetithappen für einen dunklen Vampir dienen sollte. Außerdem hörten sie atemlos mit an, dass sich ausgerechnet dort das Schicksal und die Leben von Crystal und Michael verknüpfte, denen dann zusammen die Flucht aus dem Landsitz gelang. Warum Crystal von den finsteren Mächten dorthin entführt worden war, hatte sich bis heute nicht erschlossen. Aber es führte dazu, dass sie in Besitz von Unterlagen und Dokumenten gelang, durch die sie Zugriff auf Blair House und ein riesiges Vermögen erhielt. Schließlich gelangte Michael mit seinen Erzählungen zu dem Punkt, an welchem sich ihre Lebenswege mit dem Rolfhardts kreuzten.

«Und da waren wir nun, Crystal und ich, in der Einfahrt von Blair House, wo uns ein Rudel schwarzer Wolfsbestien bedrohte!»

«Moment ...», unterbrach Elisabeth die Erzählung. «Schwarze Wolfsbestien mitten in London? Haben die

Schutzmechanismen des Hauses hier nicht gewirkt?»

«Ich verstehe, dass dich das irritiert, Lizzie», antwortete Michael. «Blair House ist zu diesem Zeitpunkt noch nicht aktiviert gewesen, weil es da unbewohnt war. Deshalb konnten uns diese Finsterbestien dort auflauern und angreifen. Wäre Rolfhardt uns nicht zur Seite gesprungen, es hätte übel für uns ausgehen können! Er hat es mit der ganzen Meute aufgenommen und uns beide gerettet!»

«Aber wie ...», Lydia Fux, die wie ihr Mann und ihre Tochter gebannt gelauscht hatte, klang verblüfft, «... wie hat er es geschafft, es mit dieser Meute aufzunehmen? Euch ist das zu zweit nicht gelungen, und er alleine ...?»

«Ich verstehe, dass dich das irritiert ...», sagte Michael und atmete tief durch. «Und damit sind wir auch schon bei dem Moment, vor dem ich und Rolfhardt etwas Angst haben. Der Moment, in dem wir euch mitteilen ... oh je, das ist so schwer ...»

«Aber was denn bloß, meine Junge?», hakte sein Vater nach. «Nur raus mit der Sprache! Spannt uns nicht auf die Folter, sondern bring es hinter dich. Was kann so schwer sein, dass du Angst davor hast, es uns mitzuteilen?»

«Das ich ein Vampir bin! Mein Geburtsjahr ist 1732. Geboren wurde ich in Wien.» Rolfhardt sachliche und kurze Aussage zog schlagartig die Aufmerksamkeit von Michaels Familie auf sich, die ihn sprachlos anstarrte. Nach einem endlos erscheinenden Moment stieß Werner Fux ein missglücktes Lachen aus. «Das ist ein Scherz, oder?», fragte er ungläubig. «Michael wird fast von einem Vampir umgebracht, und dann verliebt er sich in einen anderen?»

Rolfhardt nickte mit bekümmerter Miene. «Klingt paradox. Aber entspricht der Wahrheit. Allerdings unterscheide ich mich grundlegend vom Earl of Cadwrigham. Ich bin ein weißer Vampir. Das heißt, dass ich nie tötete, um zu leben. Je nachdem, wie meine Aktivitäten aussehen, muss ich mich nur

49

alle 4 bis 10 Wochen mit Blut nähren. Über den Benediktiner-Orden von Buckfast habe ich Kontakt zu jüdischen und islamischen Fleischern hier auf der Insel. Beim Schächten der Tiere fällt genug Blut an, dass mich nähren kann, ohne das ich ein Leben nehmen muss. Mir wird und wurde auch schon oft freiwillig Blut gegeben. Außerdem wandle ich im Licht der Sonne und kämpfe mit eurem Sohn und Crystal gegen die Kräfte des NEGEM. Und, das könnt ihr mir glauben, ich liebe Michael über alles! Ich würde mein Leben für ihn geben!»

«Was er im Übrigen auch schon fast getan hat», fügte Michael hinzu und schenkte seinem Verlobten ein liebevolles Lächeln.

«Hast du auch schon Blut ...», setzte seine Mutter zu einer Frage an, vollendete diese aber nicht wörtlich, sondern nur mit vielsagendem Gesichtsausdruck.

«Ja, habe ich, Mama», lautete die ehrliche Erwiderung. «Auch Crystal und Pater O'Flaherty haben das schon. Ohne unsere freiwillige Gabe wäre er bei unserem ersten Einsatz fast gestorben. Und ich kann euch beruhigen – es tut überhaupt nicht weh!»

«Aber du bist kein Vampir geworden?»

«Oh nein!» Rolfhardt antwortete für beide Männer. «So groß die Verlockung auch ist, das endlose Leben mit demjenigen zu teilen, den man liebt – ich würde Michael die Existenz als Vampir niemals zumuten. Dafür liebe ich ihn zu sehr! Weiterzuleben, während alles um einen herum vergeht, ist manchmal nur schwer zu ertragen. Ich kann aber dafür sorgen, dass er länger lebt und bei guter Gesundheit bleibt. Und ich werde immer für ihn da sein. Immer!»

Da streckte Werner Fux Rolfhardt seinen linken Arm hin. «Beweise mir, dass es wirklich schmerzlos ist!», sagte er auffordernd.

«Dein Ernst?» Michael schaute seinen Vater überrascht an.

«Völliger Ernst! Ich muss wissen, ob es dir wirklich gut geht. Du hast ihm Blut gegeben. Und du wirst es wieder tun. Es würde mich beruhigen. Bitte tut mir den gefallen!»

«Na gut ...», stimmte Rolfhardt nach einem Moment des Zögerns zu. «Bitte erschreckt nicht, wenn meine ‚besonderen' Zähne erscheinen. Ich zeige die normalerweise nicht gerne. Ohne die geht es nun mal nicht. Aber ihr sollt den Beweis haben.»

Lydia und Elisabeth Fux schauten gebannt zu, als das Vampirgebiss Rolfhardt zum Vorschein kam. Das geschah ohne Erschrecken. Vielmehr mit einer interessierten Neugierde. Auch nachdem Rolfhardt seine Zähne nach kurzem zögern im Unterarm von Werner Fux versenkte, schien sie das enorm zu faszinieren. Ebenfalls ohne jede Abscheu oder Ablehnung. Rolfhardt beließ es bei dieser kurzen Demonstration, die er bereits nach wenigen Augenblicken wieder beendete.

«Faszinierend!», meinte Michaels Vater daraufhin. Er betrachtete überrascht seinen Unterarm. «Außer einem leichten Prickeln habe ich absolut nichts gespürt! Schaut mal – die beiden kleinen, roten Flecken!» Werner Fux lachte amüsiert. «Wie aus den Vampirfilmen sieht das aus. Aber sie verblassen schon wieder. Irre! Ich wurde vom Vampir gebissen!» Er klopfte dem überraschten Schwiegersohn in spe freundschaftlich auf die Schulter.

Die Reaktion von Michaels Familie fiel völlig anders aus, als die beiden Männer befürchtet hatten. Sie zeigten sich sehr interessiert, und Rolfhardt musste viel erzählen und erklären. Michael konnte nicht fassen, wie unaufgeregt die ganze Sache aufgenommen wurde, was er ihnen gegenüber schließlich auch ansprach.

«Weißt du, mein Junge ...», sprach dann seine Mutter milde lächelnd, «... Rolfhardt ist ein durch und durch sympathischer Mann. Er sieht sehr gut aus, hat ausgezeichnete Manieren, kann wunderbar kochen – und wenn man beobachtet, wie verliebt ihr euch beide anschaut und miteinander umgeht, dann kann nichts Falsches an der Sache sein. Und ja – vielleicht haben wir die Umstände noch nicht ganz realisiert. Ihr habt unser Weltbild mit der Geschichte, wie ihr drei zusammenfandet, gehörig auf den Kopf gestellt. Außerdem kommen ja noch weitere Berichte dazu, wenn wir die anderen Teammitglieder kennenlernen.»

«Genau!», pflichtete Elisabeth ihrer Mutter bei. «Wenn das, was noch kommt, grusliger sein soll, als wir schon erfuhren, dann ist ein weißer Vampir, der für die Guten kämpft, nicht schlimmer, wie die Tatsache, dass er Österreicher ist!»

«He!», rief Rolfhardt protestierend, doch Elisabeth zwinkerte ihm nur schelmisch lächelnd zu.

«Jetzt weiß ich, wo du deinen Humor her hast, mein Lieber!», beschwerte er sich deshalb bei seinem Verlobten. Und zu Elisabeth sagte er: «Mit dem Österreicher hat mich dein Bruder auch schon mal aufs Glatteis geführt.»

«Schon gut, mein Junge ...», sagte Michaels Vater gutmütig lachend. «Du hast das Herz am rechten Fleck und sollst in unserer Familie willkommen sein. Da fällt mir ein ... ist es überhaupt in Ordnung, wenn ich ‚mein Junge' zu dir sage, Rolfhardt? Für einen Mann, der 1732 geboren wurde – was immer noch ziemlich überwältigend für mich ist- scheint mir diese Bezeichnung ein wenig unpassend zu sein.»

«Nein, Werner, im Gegenteil – es hört sich absolut wunderbar für mich an», entgegnete Rolfhardt gerührt. Er hatte direkt feuchte Augen bekommen. «Nach so vielen Jahren endlich Teil einer Familie zu sein – ihr könnt euch gar nicht vorstellen, was das für mich bedeutet! Als wäre ich nach über 200 Jahren endlich am Ufer eines unendlichen Meeres der Einsamkeit angelandet. Darf ich ... darf ich euch umarmen?»

Werner Fux stand prompt auf und schenkte dem

Wiener Adeligen eine warme, familiäre Umarmung. Auch seine Frau und seine Tochter hießen Rolfhardt so in der Familie willkommen, dem wahre Sturzbäche an Freudentränen über das Gesicht liefen. Selbst Michael und Crystal bekamen vor Rührung feuchte Augen. Michael noch aus einem zweiten Grund: Er war unendlich stolz und glücklich über die Reaktionen seiner Familie auf Rolfhardts wahre Natur! Und überhaupt darüber, wie sie seinen zukünftigen Ehemann aufnahmen.

Man saß noch ein Weilchen beisammen, und es wurde viel erzählt. Crystal berichtete, was ihr an Erinnerungen geblieben war, nachdem die dunklen Mächte ihr diese fast völlig geraubt hatten. Auch um das Mysterium ihres Vaters, der sich nach wie vor verborgen hielt, und von dem Crystal nur wenig mehr als seinen Namen wusste. Sie bekannte auch, dass sie sich eigentlich vor dem Moment fürchtete, an der ihr alles offenbart werden würde. Denn auf Grund der Fähigkeiten, die sich bei ihr manifestierten – die Veränderung ihrer Gestalt, das Öffnen verschlossener Türen, der Weg zur Zwischenwelt, die Gedankenkontakte – vermutete nicht nur sie mittlerweile, dass es sich bei Rachmon um alles andere, als einen gewöhnlichen Menschen handelte.

Schließlich beendete man diesen ersten Abend und verabredete sich zum gemeinsamen Frühstück am nächsten Tag, zu dem dann auch Pater O'Flaherty stoßen würde.

Als Michael dann später in den Armen seines zukünftigen Mannes in deren gemeinsamen Zimmer lag, küsste der ihn zärtlich. «Ich danke dir, Michael», flüsterte er sanft.

«Aber wofür denn?»

«Für deine fabelhafte Familie. Dafür, dass sie mich akzeptieren und nicht voller Schrecken zurückweichen, obwohl sie wissen, wer ich bin. Was ich bin. Seit über 200 Jahren hatte ich keine Familie mehr. Und jetzt habe ich gleich zwei –

unsere Freunde, und deine Familie. Mein Herz platzt gerade fast vor Glück!»

«Ich freue mich für dich mit», erwiderte Michael. «Sie haben absolut fabelhaft reagiert, weil sie in dein Herz gesehen haben!» Er musste kichern, weil er gerade an etwas denken musste. «Mama bedauert allerdings, dass sie nicht bei ihren Freundinnen damit angeben kann, einen echten Vampir zum Schwiegersohn tu haben. Die sie meint, die würden platzen vor Neid!» Er schüttelte leicht seinen Kopf. «Ich fasse immer noch kaum, wie normal alle den Umstand, dass du ein Vampir bist, aufnahmen. Vorhin fragte ich meine Mutter danach. Sie überlegte kurz und sagte anschließend, dass es an der besonderen Aura von Blair House liegen müsse.»

«Besondere Aura, mein Herz?», fragte Rolfhardt verwundert zurück.

«Ja. Mama meinte, hier fühle es sich an, als wäre alles Böse ausgeschlossen. Papas und Lizzie pflichteten ihr bei. Und ich denke, sie könnten Recht haben damit. Du nicht auch?»

«Mhm ... da ist vielleicht wirklich etwas dran», meinte Rolfhardt nachdenklich. «Blair House hat ganz unbestritten eine besondere Aura. Und wenn das so ist, bin ich sehr dankbar dafür.»

«Ich auch ...», stimmte Michael zu und gähnte herzhaft. «Doch lass uns jetzt schlafen. Mir fallen schon die Augen zu. Gute Nacht, Rolfhardt.»

«Gute Nacht, Michael ...»

Am nächsten Morgen stießen Pater O'Flaherty und Bruder Jonathon beim Frühstück zur Gruppe dazu. Der vollbärtige irische Geistliche hatte ein paar Tage im Konvent von Buckfast verbracht, um sich mit den dortigen Mönchen ein wenig auszutauschen und Kraft und Stärke in der Meditation und

Gebet zu finden.

Es wurde ein ausgedehntes Frühstück mit viel Gelächter, bei dem man sich gegenseitig noch besser kennenlernte. Den Nachmittag verbrachte man gemeinsam in den nahen Parkanlagen von Kew Gardens. Vor allem Lizzie wollte die berühmten Palmenhäuser sehen. Auch, weil sie erst vor kurzem einen alten Science-Fiction-Roman gesehen hatte, in dem diese Palmenhäuser eine kleine Rolle spielten.

Auf den ausgedehnten Spaziergängen durch die gestaltete Landschaft berichteten dann Crystal, Michael, Rolfhardt und Pater O'Flaherty abwechselnd von ihrem Abenteuer auf der MS SERPENTIA. Auf dem Kreuzfahrtschiff hatte eine ganze Horde von Schattennymphen und Satyre versucht, die Reisenden zu Sünden zu verführen, um ihre Energie für die Kräfte des NEGEM zu stehlen.

Nachdem Michaels Familie erfuhr, wie selbstlos und bis an den Rand des Todes Rolfhardt sein Leben einsetzte, um das der anderen zu beschützen, stieg der künftige Schwiegersohn und Schwager noch einmal in ihrer Achtung und Zuneigung. Lydia umarmte ihn spontan, und Werner klopfte ihm anerkennend auf die Schultern. Spätestens jetzt wussten sie ihren Sohn Michael in guten Händen. Rolfhardt eroberte die Herzen seiner neuen Familie damit im Sturm.

Mittwochs lernte Michaels Familie dann noch die beiden anderen Teammitglieder kennen. Die ehemaligen Wachleute Malcolm McDearmitt, ein 35jähriger Schotte, und der Brite Harisson ‚Rissi' Steerling, 37 Jahre alt, ein sommersprossiger Rotschopf. Gemeinsam berichteten sie von ihrem Abenteuer bei Clayton Software Engineering, wobei sie Todesangst in der Berrymoore-Street ausgestanden hatten. Und ihrem Entschluss, sich danach ESP-Investigations anzuschließen.

Das Abenteuer um den Todeskuss der grünen Lady, jener weiblichen Seelendämonin, eine Baobhan-Sith, welches Michael fast das Leben kostete, sparten sie allerdings aus.

Das hatten sie vorher abgesprochen, weil sie Michaels Familie nicht unbedingt noch so kurz vor der Hochzeit beunruhigen wollten. Schon aus den bisherigen Schilderungen konnten sie ja entnehmen, dass die neue Beschäftigung ihres Sohnes und Bruders einen gewissen Grad an Gefährlichkeit und Risiko in sich barg.

Freitags schloss sich dann die Letzte im Bunde, Anna Mulgraw, der Gemeinschaft an. Michael und Rolfhardt hatten natürlich auch ihre neue Kollegin zur Hochzeit eingeladen. Eine gute Gelegenheit, sich weiter kennenzulernen. Im Metier der Geisterjäger war es unabdingbar, sich blind auf seine Kolleginnen und Kollegen verlassen zu können. Davon hing unter Umständen das eigene Leben ab!

Dann war er heran, der große Tag für Michael und Rolfhardt. Zwei verdammt gut und glücklich aussehende Männer in perfekt sitzenden, weißen Maßanzügen, strahlten vor dem Standesbeamten im Rathaus des Londoner Stadtteils Richmond um die Wette. Jeder sah, wie verliebt die beiden waren. Und vor allem Rolfhardt schaffte es kaum, die Tränen des Glücks zurückzuhalten. Sein Ja auf die Frage, ob er Michael zu seinem angetrauten Partner nehmen wolle, für ihn da zu sein, in guten wie in schlechten Tagen kam deswegen mit einer tiefen Inbrunst aus seiner Brust. Auch Michael konnte es kaum abwarten, sein Ja zu geben. Sie besiegelten ihre Vermählung mit einem innigen Kuss, um dann die Glückwünsche der Freunde und Familie entgegenzunehmen.

Pater O'Flaherty hielt etwas später in der Kapelle von Blair House eine kirchliche Zeremonie ab, um dem glücklichen Paar auch den Segen des POSEM mit auf den Weg zu geben.

Anschließend feierte die Festgesellschaft im großen Speisezimmer des Anwesens. Bruder Jonathon und die Mitbrüder seines Ordens hatten es sich nicht nehmen lassen, als ihren Beitrag zur Hochzeit, ein Festmahl zuzubereiten. Es gab einen Salat mit Lachs-Tartar, gefolgt von einer

Mulligatawny-Suppe. Als ersten Hauptgang Lamm-Medaillons mit Herzogin-Kartoffeln und gemischtem Gemüse, als zweitem Hauptgang Steinbeißer-Filet mit feiner Dillsoße und Kräuterreis. Und zum Nachtisch eine Créme-Brulée und Obstsalat, fein abgeschmeckt mit etwas Brandy. Später durfte natürlich auch nicht eine große, dreistöckige Hochzeitstorte zum Kaffee fehlen. Alles in allem wurde es eine wunderbare Hochzeitsfeier für die beiden Männer.

Ein Hochzeitsgeschenk von Crystal war, dass alle gemeinsam eine Woche in einem Landgasthof im Lake District verbringen sollten. Michael, der ja dadurch, dass sich sein Leben nun hauptsächlich in London und Großbritannien abspielte, seine Familie nur noch selten sah, freute sich natürlich über diese Gelegenheit. Rolfhardt, ebenso, der es als gute Möglichkeit sah, seine neue Familie damit besser kennenzulernen. Und für das ESP-Team, plus Pater O'Flaherty und Bruder Jonathon, bot sich dadurch ein Anlass zum Team-Building. Sich einfach in entspannter Atmosphäre zusammenzufinden. Michael und Rolfhardt verschoben dafür extra ihre eigentlichen Flitterwochen um sieben Tage.

Alle freuten sich auf diesen Ausflug. Eine kleine Pause hatten sich alle verdient. Denn seit dem Fall mit der Baobhan-Sith, bei dem sie unter anderem den mysteriösen Tod eines Millionärssohns gelöst hatten, stand das Telefon in The Shard nicht mehr still. Die Mutter des getöteten jungen Mannes, eine hoch angesehene Frau der irischen High Society, hatte höchstpersönlich dazu beigetragen, dass der gute Ruf von ESP-Investigations größte Höhen erreichte. Man nahm sie und ihre Arbeit ernst!

Sonntagvormittag brach die Gesellschaft nach Norden in den Lake District auf. Sie hatten rund 450 Kilometer bis in den Nationalpark zurückzulegen. Zum Ziel hatte Crystal den kleinen Ort Upper Hamersham auserkoren. Er lag nicht weit weg vom großen Lake Windermere, mit seinen mannigfaltigen

Möglichkeiten an Freizeitaktivitäten. Upper Hamersham dagegen, in eine idyllische Hügellandschaft eingebettet, bot Ruhe und Erholung, so dass jeder der Gruppe das finden konnte, nach was im am meisten zumute war.

Fahrzeuge standen aus dem Fuhrpark von Blair House ja genügend zur Verfügung. Rolfhardt, Michael und ihre Familie fuhren gemeinsam im Bentley Mulsanne. Crystal, Pater O'Flaherty und Harisson Steerling nahmen den Range Rover. Malcolm McDearmitt, Bruder Jonathon und Anna Mulgraw hatten sich den Lexus auserkoren.

Nach einem ausgiebigen Frühstück in geselliger Runde traten sie am späten Vormittag in heiterer und gelöster Stimmung die Reise an. Indem man die M40 und die M6 benutzte, konnte man fast durchweg auf Autobahnen fahren. Da die Verkehrsnachrichten keine Staus oder Baustellen meldeten, sollte das Ziel zur Tea-Time am Nachmittag erreicht sein, inklusive einer kleinen Pause auf halber Strecke, bei der sich dann auch die jeweiligen Fahrer abwechseln konnten.

Die Fahrt verlief äußerst kurzweilig. Michaels Familie unterhielt sich angeregt mit ihrem neuen Familienmitglied Rolfhardt. Der steuerte so manche Geschichte aus seinem langen Leben bei und versetzte seine Mitfahrer damit ein ums andere Mal in Erstaunen. Mit jedem gefahrenen Kilometer schlossen Michaels Angehörige ihren Schwiegersohn und Schwager mehr ins Herz.

Auch in den anderen beiden Fahrzeugen herrschte eine fröhliche Atmosphäre voller Vorfreude auf ein paar entspannte Tage im Lake District, der für seine Schönheit schließlich berühmt war. Vor allem Malcolm und Anna verstanden sich augenscheinlich sehr gut. Der 35jährige, ehemalige Wachmann und die neue Sekretärin waren sich etwas nähergekommen, während Malcolm ihren Büroarbeitsplatz am Computernetzwerk in The Shard für sie einrichtete. Sie verstanden sich beide auf Anhieb. Der schnauzbärtige

Computerfreak der Truppe, selbst eher ruhiger und introvertiert, mochte dir forsche, burschikose Art der 32jährigen Bürokraft. Sie schätzte im Gegenzug seine besonnene, überlegte Art. Beide zogen sich an wie die verschiedenen Pole bei Magneten. Bruder Jonathon, auf dem gemeinsamen Urlaubstrip in ziviler Straßenkleidung statt Kutte gewandet, sah, hörte und spürte, wie sich da etwas zwischen den beiden Menschen entwickelte.

Auf etwa halber Strecke, bei Stoke-on-Trent, legte die Reisegruppe eine Kaffeepause ein. Die dauerte etwa eine Stunde, nach der sie ihre Fahrt fortsetzten. Als die M6 zwischen den urbanen Zentren von Liverpool und Manchester hindurchführte, nahm der Verkehr spürbar zu, und einige Kilometer ging es nur recht zähflüssig voran. Aber weiter nördlich, hinter dem Ort Preston, ließ die Anzahl der Fahrzeuge rasch nach, und die Landschaft wurde immer ländlicher, die Besiedlungsdichte dünner. Kurz vor Milton verließ man die M6, um auf die A 560 zu wechseln. Von da aus dauerte nicht mehr lange, bis man Newby Bridge erreichte, am südlichen Zipfel des Lake Windermere gelegen. Von dort aus ging es über die typisch englischen, sehr schmalen Landstraßen weiter, bis zum eigentlichen Ziel der Reise, dem kleinen Ort Upper Hamersham. Schon bald zeichneten sich die ersten Häuser des Ortes vor ihnen ab. Sie lagen am Fuß des Hügellandes, welches sie gerade durchfuhren. Pittoreske Cottages, wie man sie als Miniaturen in unzähligen Souvenirläden auf den britischen Inseln kaufen konnte. Ein malerisches, friedliches Bild.

Allerdings geschah dann etwas Merkwürdiges, und zwar just in dem Moment, in welchem die drei Autos die Gemeindegrenze überquerten. Rolfhardt in dem einem, und Crystal in dem anderen Wagen verspürten einen kurzen Augenblick lang eine Art von Druck, eine Beklommenheit, die sich über sie legte. Das die anderen nichts davon bemerkten, lag wohl in der Sache begründet, das Crystal eine spezielle Sensitivität besaß. Rolfhardt, als übernatürliches Wesen, sowieso. Zum Glück saßen die beiden gerade nicht am Steuer.

«Crystal, alles in Ordnung?», erkundigte sich Rissi, der den Range Rover fuhr, besorgt, als er bemerkte, wie sich Crystal an ihren Kopf fasste.

«Ich ...», setzte die Geisterjägerin zögerlich zu antworten an, «... ja, ich glaube schon. Ich spürte für einen Moment eine Art Druck auf den Kopf. Ein bisschen, wie wenn man schnell im Aufzug nach oben fährt. Habt ihr nichts gemerkt?»

Rissi schüttelte den Kopf. «Nö, also bei mir war nichts.»

«Ich habe auch nichts bemerkt», meldete sich Patrick O'Flaherty vom Rücksitz zu Wort. «Geht es dir gut? Sollen wir noch einmal eine Pause einlegen?»

«Aber nein, Patrick», wehrte Crystal kopfschüttelnd ab. «Mir geht es nicht schlecht. Ist auch schon wieder vorbei. Außerdem sind wir ja gleich da.»

«Ist wirklich alles gut, meine Liebe?», hakte der Geistliche noch einmal besorgt nach.

Die winkte lachend ab. «Du spielst sicherlich auf meine besondere ‚Antenne‘ an, was, mein Freund?»

«Nun ja, ist ja irgendwie naheliegend. Nicht wahr?»

«Da hast du wohl recht. Aber wir sind hier mitten auf dem Land. Weit ab vom Schuss. In ruhiger, beschaulicher Umgebung. Was sollte da mein Sinn fürs Finstere zum Schwingen bringen?»

«Dein Wort in Gottes Ohr, Crystal», antwortete O'Flaherty, äußerlich völlig unaufgeregt. Aber innerlich hegte er trotz Crystals Beteuerung gewisse Zweifel, ob wirklich alles in Ordnung wäre. «Dein Wort in Gottes Ohr!»

So ähnlich spielte sich diese Begebenheit auch im Bentley ab. «Habt ihr das gespürt?», fragte Rolfhardt aus heiterem Himmel seine vier Mitfahrer vom Beifahrersitz aus.

«Was gespürt, mein Herz?», erkundigte sich Michael, der hinter dem Steuer des Luxuswagens saß.

«Es fühlte sich an, als hätte mich eine schwache Druckwelle getroffen», erklärte der weiße Vampir. Er schaute aufmerksam durch die Fenster auf die vorbeiziehende Landschaft. «Doch wo sollte die herkommen?»

«Also, ich habe nichts derartiges gespürt», antwortete Rolfhardts Mann. «Ihr?»

Seine Familie, an die diese kurze Frage gerichtet war, verneinte ebenfalls unisono.

Rolfhardt seufzte daraufhin und zuckte mit seinen Schultern. «Ich glaube, ich werde wohl doch langsam alt», tat er den Vorfall dann scherzhaft ab. «Wahrscheinlich vertrage ich lange Autofahrten nicht mehr so gut. Wird schon nichts gewesen sein. Es ist Zeit, dass wir ankommen, damit wir unsere Glieder endlich wieder ein bisschen strecken können!»

«Nur noch ein paar Minuten, wenn man dem Navi glauben kann», sagte Michael nach einem Blick auf das große Display am Armaturenbrett des Bentley. «Wir erreichen ‚the White Ghost Inn‘, wenn wir halb den Ort durchquert haben. Hi, hi, hi ...» Er beendete seinen Satz mit einem Kichern.

«Was ist denn so lustig, Bruderherz?», erkundigte sich prompt Lizzie vom Rücksitz aus nach dem Heiterkeitsausbruch.

«Na, der Name von dem Gasthaus», antwortete ihr Bruder bereitwillig. «Zum weißen Geist für die Geisterjäger. Wenn das kein Omen ist, weiß ich auch nicht!»

Dem musste dann auch die anderen unter Gelächter zustimmen.

«Ob Crystal sich dieser Doppeldeutigkeit bewusst war, als sie unsere Unterkunft gebucht hat?», überlegte Michael laut.

«Wir können sie ja gleich fragen», merkte sein Mann

an. «Da vorne ist das Gasthaus!»

Vor ihnen, nicht weit von der Ortsmitte entfernt, tauchte soeben ihr Reiseziel am Straßenrand auf. Eines der typischen, englischen Landgasthäuser. Mit Fachwerk, und weiß getüncht. Über dem Eingang hing ein hölzernes Schild, welches neben dem Schriftzug das Bild eines weißen Gespenstes auf schwarzem Grund zeigte. Das Gasthaus hatte zwei Stockwerke und drei einstöckige Anbauten. Es sah hübsch aus, wie es da im Licht der Nachmittagssonne vor ihnen lag. Hübsch und friedlich.

Michael steuerte einen von mehreren freien Parkplätzen an. Das Gasthaus samt Pension schien im Moment wohl nicht stark frequentiert zu sein, weil noch so viele Plätze zur Verfügung standen. Oder die Gäste machten gerade irgendwelche Ausflüge. Allerdings herrschte ja auch gerade keine Feriensaison. Auch aus dem Grund konnte Crystal alle sieben benötigten Zimmer hier im «White Ghost Inn» buchen.

«Alle aussteigen, der Navi sagt, dass wir unser Ziel erreicht haben!», rief Michael und stellte den Wagen ab.

«Na, wenn der Navi das sagt?», meinte seine Schwester, schnallte sich ab und öffnete die Wagentüre. «Hübsches Gebäude», kommentierte sie den Anblick des Gasthauses, während sie sich aus dem Fond schwang. «Typischer Englisch geht wohl kaum. Ich fühle mich glatt an diverse Krimireihen erinnert. Inspector Barnaby zum Beispiel. Nur dass das hier nicht Midsommar ist.»

«Ha, das dachte ich auch gerade!», rief ihre Mutter, die eben aus dem Bentley stieg. «Wie in der Miss Marple - Fernsehserie. Oder, wie du schon anmerktest, bei Inspektor Barnaby! Absolut entzückend!»

«Jo, ganz hübsch, das», lautete der gewohnt karge Kommentar von Michaels Vater. «Ich lade dann schon mal die Koffer aus.»

Während er seinen Worten Taten folgen ließ,

zusammen mit seinem Schwiegersohn Rolfhardt, bogen auch der Lexus und der Range Rover mit der restlichen Urlaubstruppe auf den Parkplatz ihrer Unterkunft ein.

Gleich darauf herrschte quirliges Gewusel. Koffer wurden entladen, die vom langen Sitzen steifen Glieder gereckt und munter drauf los geplappert, in Vorfreude auf ein paar erholsame Tage. Einzig Crystal schien nicht ganz so ungezwungen wie ihre Mitreisenden zu sein, was Michael sofort auffiel. Er hatte schon während der Anreise gespürt, dass in der Agentur-Chefin etwas vor sich ging, obwohl sie in zwei verschiedenen Autos fuhren. Seit den Erlebnissen in Cadwrigham House, die sie unter so finsteren Umständen zusammenführten, besaß er eine ganz besondere Verbindung zu dieser ganz außergewöhnlichen Frau. Fast schon eine Art Telepathie.

«Was treibt dich um?», sprach er sie deshalb leise an, nachdem er sie ein wenig zur Seite genommen hatte. «Etwa auch dieses Gefühl, eine Art Druckwelle erlebt zu haben?»

«Woher weißt du das?», fragte sie verblüfft und mit großen Augen zurück.

Michaels Antwort bestand aus nur einem Wort: «Rolfhardt!»

Crystal nickte wissend und fuhr sich dabei nachdenklich mit ihren Händen durch ihre schulterlangen, zurzeit wieder rot gefärbten Locken. «Ja, das hätte ich mir denken können. Seine Vampirsinne. Er ist für gewisse Vorgänge genauso sensitiv wie ich, wenn nicht sogar noch empfänglicher. Und du hast natürlich über unsere Gedankenverbindung gespürt, dass da etwas vor sich ging, nicht wahr?»

Der ehemalige Versicherungsmakler nickte bestätigend. «Ja, genau so ist es abgelaufen. Ich habe vor meinem Mann und meinen Leuten natürlich nichts davon gesagt. Aber ... müssen wir uns über irgendetwas Sorgen machen?» Seine braunen Augen schauten die Freundin dabei fragend an.

Die überlegte einen Moment lang, zuckte dann aber mit ihren Schultern. «Diese mysteriöse Druckwelle hat vielleicht viele Bedeutungen – oder eben auch keine ...», meinte sie mit einer wegwerfenden Handbewegung. «Sollte es ein Hinweis auf ein spezielles Ereignis sein, dann auf welches? Wir wüssten ja gar nicht, nach was wir Ausschau halten müssten. Allerdings kann es in unserem Metier nie ein Fehler sein, mit wachen Augen zu agieren. Wir wissen schließlich nur zu gut, dass hinter jeder hübschen Fassade die Dunkelheit lauern kann.»

Michael erschauerte innerlich, als er bei diesen Worten an die letzten Erlebnisse mit der Baobhan-Sith zurückdachte, die im Körper einer attraktiven Frau ihre männlichen Opfer einfing, um sie dann ihrer Lebensenergie zu berauben und sie als ausgemergelte Mumien zurückzulassen. Sie verpasste ihnen sozusagen den Todeskuss. Ein Schicksal, welches sie auch Michael zugedacht hatte. Und was nur durch die kleinen Mengen vampirischen Blutes in seinem Kreislauf verhindert wurde. Insofern rettet ihn seine Verbindung mit Rolfhardt in diesem Fall das Leben. Doch der junge Geisterjäger schüttelte diese düstere Erinnerung ab.

«Offene Augen schaden nie», stimmte er der rothaarigen Britin zu. «Also lass uns das Gepäck ausladen und einchecken. Nach der langen Fahrt möchten sich bestimmt alle erst einmal ein wenig frisch machen. Danach können wir ja im Ort den Fünfuhr-Tee nehmen. Wenn ich mich nicht irre, sind wir vorhin an einer hübschen Teestube vorbeigekommen.»

«Ein ausgezeichneter Vorschlag!», stimmte Crystal sofort zu. «Eine schöne Tasse Tee, Gurkensandwiches und ein paar frische Scones könnte ich jetzt wirklich vertragen! Das hilft, die düsteren Gedanken zu vertreiben.»

«Das ist eine gute Idee!», stimmten auch Michaels Eltern und seine Schwester zu, als Michael ihnen kurz darauf diesen Vorschlag unterbreitete. «Ich liebe die englische Tea-Time!», ergänzte Lydia Fux begeistert. «Die veranstalte ich zuhause sogar mit meinen Freundinnen von Zeit zu Zeit selbst.»

Auch die restliche Truppe zeigte sich einverstanden. Und während die Autos noch vollends entladen wurden, suchten Michael, Crystal und Rolfhardt die Rezeption auf, um die Anmeldung zu erledigen und die Zimmerschlüssel zu besorgen. Allerdings fanden sie die entsprechende Örtlichkeit verwaist vor. Was im ersten Moment nicht groß verwunderte. In kleineren Häusern hatten die Mitarbeiter in der Regel mehrere Pflichten, so dass sie nicht ununterbrochen am Empfang auf Gäste warten konnten. Dafür gab es ja dann schließlich die sattsam bekannte Klingel auf dem Tresen der Rezeption, die Michael auch sogleich herzhaft bediente.

Ein paar hell tönende ‚Plings' hallten durch den Raum. Jedoch scheinbar ungehört, denn es ließ sich niemand vom Personal an der Rezeption blicken.

«Nanu ...», wunderte sich Crystal. «Wo stecken die denn?»

«Das Haus heißt doch White Ghost Inn. Vielleicht müssen wir eine Séance veranstalten, damit jemand erscheint», witzelte Michael breit grinsend. «Ich klingele nochmal.»

‚Pling – Pling – Pling' tönte es erneut. Aber auch dieses Mal schien zunächst nichts zu geschehen. Michael wollte schon die Hand ausstrecken, um ein drittes Mal die Rezeptionsklingel zu betätigen, als man ein leises, sich näherndes Schlurfen vernahm, was sich nach schweren, schleppenden Schritten anhörte.

«Da kommt endlich jemand», merkte Rolfhardt an. «Wird ja auch Zeit.Ein bisschen träge, oder?»

Gleich darauf öffnete sich eine Schwingtür im Hintergrund des Schalters und ein schmächtiger, bleicher und triefäugiger Mann schlurfte bedächtigen Schrittes herein. Der Blick aus den wässrig-grauen Augen schien dabei irgendwo in weiter Ferne zu verweilen. Ein Hauch eines unangenehmen, modrigen Geruchs wehte für einen Moment in die Nasen der drei Gäste, verflüchtigte sich aber, bevor er sich erfassen ließ. Was blieb, war die Ahnung von etwas, das Michael zu kennen glaubte, aber von dem es ihm für den Moment nicht gelang, sich das ins Gedächtnis zu rufen oder auch nur zu fassen.

Der erste Eindruck blieb in jedem Fall eher unangenehm für den Geisterjäger. Wobei er sich ziemlich sicher war, dass es seinem Mann und Crystal genauso erging.

«Sie wünschen ...?», ließ sich der Rezeptionist nun endlich zu einer Äußerung hinreißen, nachdem er die Ankömmlinge einige Momente lang stumm gemustert hatte.

«Mein Name ist Crystal Blair», ergriff diese das Wort, nachdem sie die Überraschung über diese eher unangenehme Erscheinung überwunden hatte. «Ich habe bei Ihnen sieben Zimmer reserviert. Zwei Einzel- und fünf Doppelzimmer.»

Wie in Zeitlupe wandte sich der bleiche Mensch hinter der Rezeption seinem Computerbildschirm zu und tippte ein paar Mal auf dem dazugehörigen Keyboard herum.

«Ja, da haben wir die Reservierung ...», sagte er schleppend nach etwa drei Minuten. Er hob den Blick vom Bildschirm und versuchte sich an einem sehr schiefen Lächeln, was ihn jedoch nicht sympathischer machte. «Entschuldigen Sie, dass sie warten mussten. Wir sind personell etwas unterbesetzt. Außerhalb der Hauptsaison verfügen wir über weniger Angestellte. Ihre Zimmer sind alle im ersten Stock des Anbaus. Durch die Tür hinter ihnen und dann die Treppe nach oben. Es sind die Zimmer Nummer vier bis zehn. Die Schlüssel stecken. Benötigen Sie Hilfe mit dem Gepäck?»

«Nein, Danke», lehnte Crystal freundlich ab. «Wir haben genügend kräftige Männer dabei.»

«Gut. Wenn Sie mir bitte noch die Anmeldung ausfüllen? Ich muss Sie außerdem darauf hinweisen, dass unser Restaurant heute Abend geschlossen hat. Das Personal, Sie verstehen? Aber im «Landlords Inn», ein paar Straßen weiter, kann man gut und preiswert essen. Ich kann Ihnen für dort gerne Plätze reservieren, wenn Sie es wünschen!»

«Ja, bitte. Das wäre nett!», stimmten die drei Ermittler zu. «Und ab wann gibt es Frühstück?»

«Ab 07.00 Uhr bis 10.00 Uhr im Gastraum, der sich im Erdgeschoss des Anbaus befindet. Haben Sie sonst noch Fragen?»

Crystal schüttelte ihren Kopf. «Nein, ich denke, für den Moment ist alles klar.»

Der bleiche Mann nickte zufrieden. «Gut. Dann darf ich mich fürs Erste empfehlen. Ich habe noch einige Pflichten zu erledigen. Sie wissen schon – das Personal ...» Er wandte sich ab und schlurfte durch die Schwingtür wieder davon.

«Komische Type!», meinte Michael kopfschüttelnd, nachdem der Angestellte wieder verschwunden war. «Geschwindigkeitsrekorde wird der sicherlich nicht brechen!»

«Wohl wahr!», stimmte Rolfhardt seinem Mann lachend zu. Er wurde jedoch unvermittelt wieder ernst. «Aber Spaß beiseite! Ich fand diesen Auftritt eben etwas merkwürdig. Irgendwie habe ich so ein ungutes Gefühl ...» Der weiße Vampir hielt einen Moment nachdenklich inne, bis er dann seinen Kopf schüttelte und vernehmlich dazu seufzte. «Vielleicht macht mich unser Job auch nur paranoid. Lasst uns das Gepäck holen und die Zimmer beziehen, damit wir endlich zu einer schönen Tasse Tee kommen! Das wird die düsteren Ahnungen schnell verscheuchen.»

Daraufhin verließ er die Rezeption wieder, um zu den draußen wartenden Freunden, Kollegen und Familienmitglieder zurückzukehren. Michael und Crystal folgten ihm dichtauf. Doch Michael versetzte Rolfhardts Äußerung in eine unbestimmte Unruhe. Denn er wusste ja um dessen Sensitivität und nahm das keinesfalls auf die leichte Schulter «Sag mal Crystal ...», sagte er deshalb leise zu seiner Freundin und Kollegin, «... erst diese seltsame ‚Druckwelle‘, die ihr beide spürtet, und jetzt dieser mehr als komische Typ – kann das noch ein Zufall sein?»

«Mal bitte den Teufel nicht an die Wand, Michael!», lautete die etwas bekümmerte Antwort. «Ich könnte wirklich mal ein paar ruhige Tage gebrauchen!»

Doch der braunhaarige Mann zeigte sich immer noch skeptisch. «Weißt du ...», sprach er nachdenklich weiter, «... als der Rezeptionist aus der Schwingtür trat, hatte ich für einen kurzen Moment einen Geruch in der Nase, der irgendetwas in mir zum Schwingen brachte, den ich aber so schnell nicht einordnen konnte, weil dieser Eindruck so flüchtig gewesen ist ...»

Crystal kam nicht mehr dazu, zu antworten. Denn sie erreichten in dem Moment wieder draußen den Parkplatz, wo sie das geschäftige Gewusel der Freunde und Familie ablenkte und die düsteren Schatten sogleich vertrieb. Jedenfalls für den Augenblick ...

Sie hatten die Zimmerschlüssel verteilt, das Gepäck nach oben gebracht und sich in ihren jeweiligen Zimmern etwas frischgemacht. Knapp dreißig Minuten später traf man sich wieder vor dem Gasthaus, um sich zu Fuß zur bei der Herfahrt entdeckten Teestube zu machen. Nach der langen Fahrt taten allen die wenigen Schritte dorthin außerordentlich gut.

In gemächlichem Tempo schlenderten sie die Straßen von Upper Hamersham entlang. Die bunte Gruppe unterhielt sich dabei angeregt, als sich Elisabeth Fux zwischen Michael und Rolfhardt schob, und sich bei den beiden Männern mit dem Armen einhakte.

«Na, ihr zwei Hübschen?», sagte sie augenzwinkernd. «Ihr gebt ein wirklich prachtvolles Paar ab, das muss noch einmal gesagt werden. Hätte mir niemals träumen lassen, mal einen so attraktiven Vampir zum Schwager zu bekommen! Da hat mein Bruder gut gewählt.»

«Danke, Schwesterchen!», antwortete Michael, während sein Ehemann breit grinste. «Aber du hast dich sicherlich nicht bei uns eingehakt, um mit Komplimenten um dich zu schmeißen, oder? Was hast du auf dem Herzen?»

«Tja, du kennst mich eben, Bruderherz!», gestand Lizzie unumwunden ein. «Es ist nichts Gravierendes. Nur ... ich bin noch nie zuvor in England gewesen. Ist es denn normal, dass in englischen Kleinstädten so wenig auf der Straße los ist? Ja gut, es sind keine Ferien. Und auch ja, einige arbeiten sicherlich. Allerdings hätte ich nicht erwartet, dass die Straßen hier so leergefegt daherkommen. Deswegen frage ich euch, weil ihr beide ja schon länger in Britannien unterwegs seid. Mir erscheint es ein wenig ... befremdlich!»

«Und mir scheint, unser Metier färbt bereits auf deine Schwester ab», ließ sich Rolfhardt vernehmen. Man hätte diese Bemerkung als humorvoll gemeint abtun können. Doch das breite Grinsen war aus dem Gesicht des Wieners verschwunden, was eine gewisse Ernsthaftigkeit erzeugte.

«Zwei vom gleichen Schlag!», erklärte Michael. «Um auf deine Frage zu antworten, Lizzie: Uns sind auch schon ein paar Seltsamkeiten aufgefallen. Bevor ich davon berichte, musst du mir aber versprechen, Mama und Papa nicht zu beunruhigen!»

«Drei Finger aufs Herz, Brüderchen! Also, was ist los?»

Nun berichtete ihr Bruder, dass auch Crystal, ebenso wie Rolfhardt, diese seltsame ‚Druckwelle' beim Überfahren der Stadtgrenze verspürte. Und vom merkwürdigen Auftreten des Rezeptionisten. Davon hatten ja außer er, Crystal und sein

Mann niemand der Anderen etwas mitbekommen. Selbst seinen flüchtigen Geruchseindruck verschwieg Michael seiner Schwester nicht.

«Man könnte meinen, dass ich auf Grund unserer Arbeit und Erlebnisse dazu neige, sprichwörtlich den Teufel an die Wand zu malen ...», schloss er mit einem Seufzen seine Erzählung. «Andererseits weiß ich aus Erfahrung, dass es das Leben verlängert, selbst auf Kleinigkeiten zu achten, und allzeit erhöhte Aufmerksamkeit walten zu lassen!»

Lizzie reagierte mit nachdenklicher Miene auf den Bericht ihres Bruders. «Mama hat vorhin berichtet, dass sie seit unserer Ankunft so etwas wie einen permanenten leichten Druck auf den Kopf spürt», teilte sie den beiden Männer mit. «Auch Paps hat etwas in dieser Richtung angedeutet. Mehr rückt er nicht raus. Du weißt ja, er ist in dieser Beziehung immer ein wenig wortkarg.»

«Und wie ist es bei dir?», erkundigte sich Rolfhardt bei seiner Schwägerin. «Spürst du etwas?»

Diese horchte kurz in sich hinein, schüttelte dann den Kopf. «Nein, ich merke eigentlich gar nichts», gab sie zur Antwort. «Aber vielleicht sollten wir unauffällig die anderen fragen», schlug sie dann noch vor.

«Wäre sinnvoll. Das übernehmen Michael und ich», meinte Rolfhardt. «Da es sich um unsere Freunde und Kollegen handelt, können wir sie wahrscheinlich besser einschätzen und Ungewöhnliches eher erkennen.»

Zwischenzeitlich hatte die Gruppe die Teestube erreicht. «Das «Little cosy Teapott» machte einen urigen Eindruck, mit seinen Butzenscheiben und dem typisch englischen Fachwerk. Gutgelaunt betrat man die Gaststube, die sich nicht übermäßig stark besucht zeigte. Es saßen nur zwei ältere Ehepaare an den Tischen, sowie eine Familie mit zwei Kindern. Im Hintergrund schien eine Angestellte zu stehen, die aber auf die Neuankömmlinge zuerst überhaupt nicht reagierte, sondern teilnahmslos wie eine Statue an ihrem Platz verharrte.

Man suchte sich die Tische aus, begrüßte die anderen Gäste und setzte sich. Derweil stand die Bedienung immer noch wie festgenagelt im Hintergrund der Gaststube. Sie machte keinerlei Anstalten, sich zu den neuen Gästen zu begeben. Fast schien es so, als nähme sie die bunte Gruppe um die drei Geisterjäger überhaupt nicht wahr. Deshalb wandte sich Crystal schließlich einem der beiden älteren Ehepaare zu, die am Nebentisch saßen.

«Entschuldigen Sie bitte ...», sprach die rothaarige Engländerin die etwa Sechzigjährigen an. «Sie haben Tee und Gebäck – was muss man denn tun, um die Bedienung in Gang zu setzen? Die Dame macht aus der Entfernung ein im doppelten Sinne abwesenden Eindruck!»

«Oh, sie kommt schon ...», antwortete die Frau des älteren Paares. «Man muss sie nur sehr deutlich direkt ansprechen, dann taut sie auf.» Die Dame musste kurz kichern. «Entschuldigen Sie die Wortwahl, junge Frau», entschuldigte sie sich gleich darauf. «Mir fiel nur kein besserer Vergleich ein. Aber das ist nicht nur hier so. Das ganze Dorf scheint wie eingefroren zu sein. So haben wir Upper Hamersham noch nie erlebt!»

«Ach, sie sind schon früher hier gewesen?»

«Aber ja. Wir kommen seit fünf Jahren jedes Jahr für ein paar Tage hierher. Der Lake District ist so schön. Die vielen Seen und die Berge! Wissen Sie, mein Mann hat Asthma, und die Luft hier tut ihm fast genauso gut, wie die Luft direkt am Meer. Aber in diesem Jahr fühlt sich der Ort seltsam an!»

«Er fühlt sich seltsam an?»; wiederholte Crystal aufhorchend. «Das ist ja interessant! Können Sie das näher beschreiben?»

«Ich werde es versuchen ...», gab die weißhaarige

Dame zur Antwort. Ihre Stirn zeigte durch einige Falten an, dass die Frau angestrengt überlegte.

«Als wir heute Morgen hier ankamen, spürten wir sofort, dass sich die Atmosphäre verändert hatte. Hier waren alle immer so fröhlich und gut drauf. Die Straßen zeigten sich voller Leben. Doch heute – wie ausgestorben! Carl, mein Mann, verspürte außerdem einen Druck auf dem Kopf, seit wir unser Zimmer im White Ghost Inn bezogen haben. Das gleiche Hotel, in dem auch die junge Familie hier logiert.» Sie zeigte kurz in Richtung des Nebentisches.

«Oh, das sind wir auch abgestiegen ...», rief Crystal aus. «Was für ein Zufall. Aber ich wollte Sie nicht unterbrechen. Bitte fahren Sie fort, Mrs ...»

«Harding, Clara Harding.»

«Angenehm, ich bin Crystal Blair.»

«Also, wo war ich? Ach ja: Die wenigen Leute, die man hier antrifft, sind wie ausgeschaltete Roboter. Völlig geistesabwesend. Geradezu gespenstisch! Erst, wenn man sie direkt persönlich anspricht, tauen sie auf. Gerade so, als müsste man zuerst einen Einschaltknopf betätigen.»

«Das hört sich ja ausgesprochen mysteriös an!», meinte Crystal betroffen. «Uns ist auch schon aufgefallen, dass überraschend wenig Leute auf den Straßen unterwegs sind. Allerdings haben wir keine Vergleichsmöglichkeit. Wir sind alle zum ersten Mal hier in Upper Hamersham. Zusammen wollten wir ein paar ruhige Tage verbringen, fern von der Hektik Londons. Aber so ruhig, fast wie ausgestorben? Das erwarteten wir natürlich nicht!»

«Mein Mann und ich werden den morgigen Tag noch einmal abwarten», sagte Mrs. Harding. «Wenn es nicht besser wird, und vor allem, wenn sich mein Mann nicht besser fühlt, dann reisen wir übermorgen wieder ab. So ist das ja keine Erholung! Selbst ich fühle mich ab und zu wie leicht benommen.»

«Das kann ich gut verstehen!», meinte Crystal mitfühlend. «Ah – ich sehe, meinen Freunden ist es gelungen, die Bedienung ‚in Gang' zu setzen. Eine schöne Tasse Tee und ein paar Scones sind genau das, was ich jetzt brauche. Wir sehen uns sicherlich morgen beim Frühstück ...» Mit diesen Worten beendete Crystal das Gespräch mit der netten, älteren Frau und ihrem sehr wortkargen Mann. Letzteres verwunderte aber nicht, denn wer sich nicht wohl fühlt, ist selten zu lockeren Gesprächen aufgelegt.

Nachdem die Bedienung ‚aufgetaut' war, klappte es mit den Bestellungen der Freunde im Anschluss recht flott. So saßen bald alle in, angeregter Unterhaltung vertieft, bei gutem Tee, Scones, Schokoladenkuchen und Gurkensandwiches an den Tischen. Rolfhardt überprüfte, wie angekündigt, ob die Crew der Geisterjäger irgendwelche Beeinträchtigungen bemerkten. Dabei stellte sich heraus, dass Pater O'Flaherty und Bruder Jonathon absolut nichts verspürten. Rissi und Malcolm berichteten von so etwas wie einer ganz leichten Ahnung, fühlten ansonsten jedoch keine weitere Auswirkung. Anna Mulgraw, am kürzesten bei der Truppe dabei, merkte an, einen minimalen Druck im Kopf zu empfinden. Letztendlich stellte sich heraus, dass einzig Michaels Familie am stärksten unter den seltsamen Auswirkungen zu leiden schienen. Und zwar ähnlich denen, die von Mrs. Harding über deren Ehemann berichtet wurde.

Die Tatsache, dass der Pater und der Mönch, ebenso wie Crystal, Rolfhardt und Michael, von den ominösen Auswirkungen völlig verschont blieben, nährte den Verdacht, dass in Upper Hamersham etwas nicht so Friedvolles vor sich ging, wie es den Anschein hatte. Vielmehr mussten die Geisterjäger auf Grund ihrer Erfahrung annehmen, dass hier dunkle Mächte einen unheilvollen Einfluss ausübten!

«Nicht mal im Urlaub ist man vor dem NEGEM sicher!», murrte Michael verdrossen. «Aber was beklage ich mich – ich sollte das ja schon gewohnt sein! Mein erster England-Urlaub auf dem Land führte mich ja auch direkt in Teufels Küche. Und das meine ich sogar sprichwörtlich!»

«Wofür ich dankbar bin, mein Herzblatt!», merkte Rolfhardt lächelnd an und legte seine Hand auf die seines Ehemannes. «Immerhin hat dich dieses Erlebnis mit Crystal zusammen-, und dich letztlich in meine liebende Arme geführt!»

Michael musste kurz lachen. «Auch wieder wahr, Schatz! Insofern sollte ich diesem gruseligen Earl of Cadwrigham eigentlich dankbar sein. Nichtsdestotrotz wäre es schön gewesen, hier einfach ein paar ruhige Tage zu verbringen. Ganz ohne Remmidemmi und Buhuu! Aber nö – irgendwelche Finsterlinge treiben sich ausgerechnet hier herum! Wir sollten also rasch in Erfahrung bringen, seit wann hier etwas Merkwürdiges vor sich geht. Vielleicht finden wir dann die Ursache. Oder zumindest ein paar Hinweise dazu. Und können anschließend den restlichen Urlaub friedlich genießen.»

«Gute Idee!», stimmte Rolfhardt seinem Mann zu. «Ich denke, das ist eine Aufgabe für mich. Ich befrage mal ein paar Leute. Meinem umwerfenden Charme kann niemand widerstehen!»

«Oh, gib bloß nicht so an, Rolfhardt!», meinte Michael schmunzelnd. «Das ist weniger dein Charme, als deine vampirischen Hypnosefähigkeiten!»

«Ach, lass mir doch die Illusion!», gab der zurück und knuffte Michael liebevoll in die Seite. «Ich werde mir mal gleich die Bedienung vornehmen. Solche Leute sind immer recht gut informiert, weil sie mit vielen Menschen in Kontakt kommen und das eine oder andere dabei aufschnappen!»

Er setzte sein Vorhaben gleich in die Tat um, schnappte sich die leere Teekanne und begab sich unter dem Vorwand, eine weitere Ladung Tee zu bestellen, zur Bedienung der

Teestube, die wie eine Statue hinter einem kleinen Anrichtetresen im Hintergrund des Gastraumes stand.

Wenig später kehrte er zurück. Er und Michael steckten die Köpfe zusammen, so dass es eher nach zärtlichem Geturtel zwischen Frischvermählten aussah. Aber Rolfhardt berichtete im Flüsterton, was er bei der Bedienung in Erfahrung gebracht hatte.

«Hier geht wirklich etwas Ominöses vor sich ...», erzählte er. «Die Frau stand schon unter einer Art Hypnose, die ich erst mal durchbrechen musste. Zu meiner Enttäuschung konnte sie mir keine konkreten Hinweise liefern. Aber der auslösende Funke scheint in einer alten, herrschaftlichen Villa am anderen Ende des Ortes seinen Ursprung zu haben. Dort sind vor einiger Zeit neue Bewohner eingezogen, die den Einheimischen jedoch bisher weitgehend verborgen geblieben sind.»

«Lass mich raten ...», kommentierte Michael das Gehörte. «Die rätselhaften Ereignisse setzten ein, kurz, nachdem diese Leute in der Villa auftauchten. Habe ich recht, oder habe ich recht?»

«Beides!», bestätigte Rolfhardt grinsend die ausgesprochene Vermutung. «Wir sollten uns daher das Umfeld dieses Herrenhauses unauffällig ein bisschen näher ansehen.»

«Unbedingt! Am besten nach dem Abendessen. Niemand wird stutzig, wenn man danach noch einen kleinen Verdauungsspaziergang macht.»

«Du hast den Nagel auf den Kopf getroffen», stimmte der weiße Vampir zu. «Auf dem Weg zurück zu unserer Unterkunft informieren wir unauffällig Crystal und das Team. Deiner Schwester können wir meinetwegen auch etwas davon sagen. Sie scheint recht taff zu sein. Deine Eltern sollten wir vielleicht nicht weiter beunruhigen. Wenigstens zu diesem Zeitpunkt noch nicht. Sie fühlen sich sowieso schon nicht wirklich zu hundert Prozent wohl, seit wir hier im Ort ankamen. Diese seltsame Aura trifft die beiden am härtesten.»

«Wenn hier etwas Schwarzmagisches vor sich geht ... vielleicht könnten dann Patrick und Jonathon die Zimmer meiner Eltern und meiner Schwester ,behandeln'. Was meinst du?», überlegte Michael.

«Keine schlechte Idee, mein Herz! Vielleicht lindert das die Auswirkungen. Im Kofferraum des Bentley ist auch etwas von unserer Notfall-Ausrüstung. Dort sollten wir Schutzamulette und Weihwasser finden. Wenn wir die anderen wegen der Villa informieren, sprechen wir auch die Schutzmaßnahmen an.»

Kurze Zeit später brach die Gruppe dann auf, um zum Hotel zurückzukehren. Michael und Rolfhardt informierten dabei ihre Geisterjäger-Kollegen. Speziell natürlich auch die beiden Geistlichen, Pater O'Flaherty und Bruder Jonathon. Die sicherten zu, sich im Hotel sofort darum zu kümmern, wenn man gemeinsam zum Abendessen aufbrach. Auch Michaels Schwester Elisabeth setzte man darüber in Kenntnis. Sie reagierte sehr rational. «Ich habe dich und deinen Mann beobachtet», erklärte sie ruhig. «Dabei ist mir schon aufgefallen, dass irgendetwas im Busch zu sein scheint. Mama und Papa verhalten sich zudem nicht wie sonst. Also macht, was ihr für nötig haltet. Ihr wisst am besten, was zu tun ist. Natürlich unterstütze ich euch nach Kräften, wenn ihr mir sagt, wie ich dabei helfen kann. Du liebe Güte – wir scheinen da ja einen Abenteuerurlaub zu erleben! Und Tina – du kennst meine besten Freundin, Michael – meinte noch: ,England? Das wird langweilig werden!'. Ha! Von wegen!»

«Na, auf dieses Upgrade hätte ich gerne verzichtet!», merkte ihr Bruder verdrossen an. «Aber wenn man erst mal ein ESP-Ermittler ist, trifft man überall auf die Vertreter des NEGEM. Die normalen Menschen können von Glück sagen, dass ihnen diese finsterste Seite der Welt weitgehend unbekannt ist. Niemand würde mehr beruhigt schlafen, wüssten sie, dass die ganzen Storys über Finsterwesen keine Fiktion sind.»

Elisabeth klopfte ihrem Bruder auf die Schulter. «Ich habe ein paar wenige Einblicke gewonnen, seit wir hier sind. Genauso wie unsere Eltern. Immerhin hast du einen Vampir geheiratet. Einen fürchterlich hübschen, sympathischen, intelligenten und liebevollen Vampir! Und da wir wissen, dass es Menschen wie euch gibt, die sich für die anderen in die Schlacht von Gut gegen Böse stürzen, können wir trotzdem ruhig schlafen. Fast genauso hat es Mama ausgedrückt. Und ich stimme ihr aus ganzem Herzen zu!»

Michael fehlten vor Rührung die Worte, deshalb umarmte er seine Schwester einfach nur spontan ganz herzlich.

Etwas später, im Restaurant ‚Landlord's Inn', trafen die Freunde und Michaels Familie auf ein ähnliches Szenario, wie in der Teestube am Nachmittag. Das Personal verhielt sich wie ferngesteuert und reagierte mit merklicher Verzögerung auf Reize von außen. Spätestens jetzt war allen klar, auch denjenigen, die persé nichts mit Geisterjagd zu tun hatten, dass hier etwas ganz und gar nicht stimmte.

Verabredungsgemäß stießen Pater O'Flaherty und Bruder Jonathon etwas später zur Gruppe. Sie hatten in den Zimmern von Michaels Eltern, seiner Schwester und von Anna Mulgraw Schutzrituale ausgeführt. Auch unter Verwendung von Räucherbündeln aus Lavendel, Salbei und Beifuß. Außerdem kam Weihwasser zur Anwendung, in Verbindung mit Gebeten an die Dreieinigkeit und bestimmten Schutzpatronen im Besonderen. Nun händigten sie an die Zimmerbewohner zusätzlich noch geweihte Schutzamulette aus.

Michaels Eltern merkten verblüfft an, dass nach

Anlegen der Amulette der bisher verspürte geistige Druck fast augenblicklich von ihnen wich. Die Anwesenheit der beiden Geistlichen und den Schutzamuletten schien sich außerdem positiv auf die Angestellten des Restaurants auszuwirken. Ihre Mimik, und wie sie agierten, steigerte sich nämlich deutlich. Ein weiterer Mosaikstein in der Beweiskette für schwarzmagische Vorgänge im Ort. Der geplante, friedliche Kurzurlaub wandelte sich in diesem Moment endgültig zu einem neuen Fall für ESP Investigations – und das ganz ohne einen offiziellen Auftraggeber!

Während des Essens schilderten die ESP-Ermittler leise ihre bisherigen Erkenntnisse. Michaels Familie hatte schon genug mitbekommen, so das eine Geheimniskrämerei darum nur dazu beigetragen hätte, zusätzliche Verunsicherung zu generieren. Außerdem schadete es nicht, wenn drei weitere Augen- und Ohrenpaare aufmerksam die Umgebung beobachteten. Anna Mulgraw erschütterte sowieso nichts. Die Sekretärin hatte sich in den wenigen Wochen bei ESP-Investigations als nervenstark und resolut gezeigt.

Michael und Crystal unterhielten sich angeregt mit den anderen. Ganz im Gegensatz zu Rolfhardt, der ruhig und sehr in sich gekehrt wirkte und kaum ein Wort von sich gab. Doch war er dabei alles andere als geistesabwesend. Im Gegenteil: er ‚lauschte' hoch konzentriert mit seinen Vampirsinnen in die Umgebung hinaus. Für ihn verdichtete sich mehr und mehr das Gefühl einer zunehmenden Bedrohung. Er spürte die Anwesenheit einer dunklen Präsenz fast körperlich. Leider gelang es ihm aber nicht, herauszufinden, welcher Art diese dunkle Präsenz war. Dieser Umstand ärgerte ihn innerlich sehr. Denn um eine Gefahr effektiv bekämpfen zu können, musste man wissen, gegen was man da ins Felde zog. Das galt in jeder Schlacht. Und im Kampf gegen die bösen Kräfte des NEGEM im Besonderen!

Nach dem Abendessen schlenderte die Gruppe

gemeinsam zum ‚White Ghost Inn' zurück. Dort teilten Michael, Crystal und Rolfhardt den anderen mit, dass sie noch ein Stück weiterlaufen wollten, um sich umzusehen und die Hotelumgebung zu erkunden. Vielleicht könnte man dabei ein paar Hinweise darauf finden, was in dieser englischen Landgemeinde vor sich ging. Rissi, Anna und auch Michaels Schwester Elisabeth schlossen sich spontan den dreien an. Michaels Eltern fühlten sich müde und zogen sich ins Hotel zurück. Malcolm, Patrick O'Flaherty und Bruder Jonathon gaben ebenfalls Müdigkeit vor. Doch der eigentliche Grund bestand im Schutz von Michaels Eltern vor weiterer Beeinflussung durch die Dunkelmächte. So konnten die anderen unbesorgt ihren Ermittlungen in Upper Hamersham nachgehen.

«... und im Restaurant meinte man, dieser seltsame Alpdruck über dem Ort begann, als irgendjemand in diese alte Herrenvilla einzog, zu der wir jetzt laufen?», fragte Rissi nach, wobei er sich ausgiebig den karottenroten Schopf kratzte.

Rolfhardt nickte bestätigend. «Das Personal im Landlord's Inn schilderte es jedenfalls so. Es soll sich wie eine schwere Decke angefühlt haben, die jemand über einen wirft. Von da an kippte die Stimmung im Ort von unbeschwert zu bedrückt.» Der weiße Vampir vollführte eine rasche, umfassende Bewegung mit dem linken Arm. «Seht euch um ...», fuhr er dann fort, «... außer uns ist kein anderer Mensch auf der Straße. Der Ort wirkt wie ausgestorben. Für ein beliebtes Ferienziel im Lake District ist das äußerst ungewöhnlich. Selbst jetzt, außerhalb der Hauptsaison.»

«Aber niemand hier hat die neuen Bewohner der Villa bisher zu Gesicht bekommen?», hakte Rissi nach.

«Nein. Wenn, dann nur als Schatten hinter zugehangenen Fenstern. Die Einheimischen meiden die Villa seither.»

«Das kann, aber muss nichts heißen!», meldete Anna

Mulgraw Zweifel an.

«Im Prinzip richtig, Anna», meinte Rolfhardt ernst. «Aber im gesamten Kontext aller Umstände sehr verdächtig. Meinst du nicht auch?»

Die Sekretärin der Firma wiegte bedächtig ihren Kopf hin und her. «Da muss ich wohl auf euren Instinkt vertrauen», meinte sie dann. «Bisher kenne ich ja meist nur kleinere Fälle. Und die auch nur vom Büro aus. Das hier ist ja mein erster Feldeinsatz. Sozusagen. Eigentlich müsste ich die Umstände furchtbar finden. Vor allem, wenn wirklich Etwas Diabolisches hier am Wirken ist. Gleichzeitig finde ich alles aufregend und spannend. Muss ich mir um mich jetzt Sorgen machen?» Sie schaute die anderen dabei groß mit ihren braunen Augen fragend an.

Michael und Rolfhardt mussten leise lachen. «Du kannst beruhigt sein, Anna!, entgegnete Michael. «Das geht uns genauso. Man darf nur nicht den Respekt vor der Sache verlieren. Sonst wird man schnell leichtsinnig. Und dann ... oh, ich glaube, wir sind da! Das muss das besagte herrschaftliche Anwesen sein, von dem im Restaurant die Rede gewesen ist!»

Wie auf Kommando richteten sich alle Augenpaare in die Richtung, in welche Michaels ausgestreckter Arm zeigte. Etwa achtzig Meter hinter einem verschnörkelten, an vielen Stellen rostigen Metallgitterzaun, erhob sich aus einem verwilderten Garten eine typisch-englische Landvilla. Das herrschaftliche Gebäude besaß zwei Stockwerke, über die sich ein rotes Ziegeldach mit einer Vielzahl verschiedener Kaminen erhob, Zeichen einer Zeit, als es noch keine Zentralheizungen gab, und man in den einzelnen Räumen den Kamin anheizen musste.

Quadratische Fenster wechselten sich mit solchen ab, die einen Spitzbogen besaßen. Rechts und links des breiten Hauptportals stachen zwei Erkerbauten hervor. Das Gebäude hatte seine besten Tage lang hinter sich gelassen. Die

Fassade wirkte etwas heruntergekommen. An vielen Stellen blätterte die ehemals weiße, jetzt aber grau und unansehnliche gewordene Farbe ab. An manchen Stellen wucherte wild Efeu. Die meisten Regenrohre zeigten sich zerbeult und verrostet. Mochte das Haus früher imposant gewirkt haben, bot es nun einen doch sehr verkommenen, fast schon morbiden Eindruck. Den Glanz früherer Zeiten konnte man nur noch erahnen.

Beim flüchtigen Hinsehen hätte man meinen können, dass der alte Herrensitz verlassen da stand. Doch im ersten Stock sah man einen Lichtschimmer durch verschlossene Vorhänge dringen. Einzig sichtbares Lebenszeichen und Beweis, dass dort doch jemand wohnen musste.

«Brrr ...», machte Elisabeth und zog unwillkürlich fröstelnd ihre Schultern ein. «Das schaut nicht gerade einladen aus. Eher im Gegenteil! Mir jagt das Haus einen Schauer über den Rücken!»

«Ja, mir geht es ähnlich ...», meinte Harrison beipflichtend. «Dabei sieht das Herrenhaus eigentlich ganz normal aus. Aber ich spüre eine ...», der stämmige, rothaarige Mann suchte nach den richtigen Worten, «...eine schwarze Aura. Ja, ich denke, das trifft es ziemlich gut. Dieses Haus umgibt eine schwarze Aura!»

«Ich glaube, das empfinden wir alle auf die eine oder andere Art ähnlich!», sagte Crystal mit ernstem Gesicht. «In diesen Mauern geht etwas Finsteres um. Mir wäre wohler, wenn wir wüssten, was dort im Dunkeln lauert. Sagen dir deine geschärften Sinne immer noch nicht mehr, Rolfhardt?»

Der weiße Vampir schüttelte verneinend seinen Kopf. «Es ist wie bei euch. Nur die Ahnung einer dunklen Bedrohung», erklärte er. «Eine Art Schleier liegt über allem. Der verhindert, dass ich einen klaren Eindruck bekomme. Eines fühle ich jedoch mit aller Deutlichkeit: Wir müssen ganz besonders auf der Hut sein! Sicherer wäre es, wenn wir sofort abreisen. Doch damit ...»

«... damit würden wir die Bewohner und Gäste von Upper Hamersham einem ungewissen Schicksal überlassen!», vollendete sein Mann Michael den angefangenen Satz des Wieners. «Das können wir uns als erklärte Gegner der Finsternis jedoch nicht gefallen lassen!»

«Michael hat völlig Recht!», stimmte Crystal dem Freund und Kollegen zu. «Aber heute lösen wir diese Fragen nicht mehr. Lasst uns ins Hotel zurückkehren und zu Bett gehen. Eine Mütze Schlaf tut uns allen gut. Morgen sehen wir weiter. Außerdem müssen wir auch den Ort noch ein wenig näher erkunden. Vielleicht liefert uns das nähere Hinweise zu dem, was hier vorgeht.»

Alle zeigten sich einverstanden mit dem Vorschlag der smarten Britin. Und so kehrte man gemeinsam ins ‚White Ghost Inn' zurück, wo man sich mit den anderen zum Frühstück verabredete. Anschließend zog man sich in die jeweiligen Zimmer zurück und begab sich zur Nachtruhe.

Glühende Augen verfolgten Michael im Traum. In unheilvollem Rot glosten sie im Dunkel der Nacht. Ein Schauder durchlief den Körper des schlanken Mannes von den Haarspitzen bis zu den Zehen. Er wollte sich von dem furchteinflößenden Anblick abwenden, doch gleichzeitig lockten ihn sirenenartige Stimmen. ‚Komm' schienen sie zu rufen. ‚Komm zu uns. Komm ...'

«Nein, Nein», stieß Michael wimmernd hervor. Noch im Traum gefangen, lehnte sich sein Geist gegen den Lockruf des Bösen auf. Der Geisterjäger wandte sich im Bett wie bei einem Ringkampf hin und her, was ihn schließlich auch aufweckte. Im ersten Moment zuckte er zurück, als er in zwei intensiv blaue, besorgt dreinschauenden Augen schaute. Bis ihm bewusst wurde, dass es nicht die aus seinem Traum waren, sondern das diese zu seinem Ehemann gehörten, der ihm beruhigend mit der Hand sanft über die Schweiß bedeckte Stirn streichelte.

«Du liebe Güte, Michael ...», sagte Rolfhardt leise. «Komm zu dir. Du musst ja einen schlimmen Alptraum gehabt haben. Du hast dich ja wie wild im Bett herumgewälzt, gestöhnt und ständig ‚Nein' gerufen. Was hast du bloß geträumt?»

«Ich habe gestöhnt ...?», fragte Michael verwirrt, noch halb im Traum gefangen, zurück.

«Ja, mein Liebling», antwortete Rolfhardt. «Allerdings nicht auf die Art, wie du es sonst tust, wenn wir Spaß miteinander haben», fügte er grinsend hinzu. «Es hörte sich eher nach Horrorfilm an ...»

Michael wischte sich den Schweiß von der Stirn. «Da waren glühende Augen ...», versuchte er sich an das Geträumte zu erinnern. «Und eine Stimme hat mich gerufen. So drängend ... fordernd ... ein fast hypnotischer Zwang, irgendwo hinzugehen. Aber ich wollte das nicht. Alles in mir hat sich dagegen gesträubt. Ich konnte dem Drang widerstehen.»

Rolfhardt, halb auf dem linken Ellenbogen im Bett aufgestützt, rieb sich mit der anderen Hand nachdenklich das Kinn.

«Das passt ins Bild, Micha ...», sagte er nachdenklich. «Wir haben ja schon tagsüber bemerkt, dass etliche Einwohner des Orts unter einer Art Bann stehen. Sicherlich werden auch sie in ihren Träumen heimgesucht und beeinflusst.»

«Aber warum konnte ich den Versuch abwehren?»

«Dank unserer Liebespraxis. Du erinnerst dich? Wenn ich dich beim Sex beiße, gelangt auch Blut von mir in deinen Kreislauf. Das macht dich resistenter gegen finstere Einwirkungen. Wie bei der mörderischen Baobhan-Sith!»

«Uhh ...», machte Michael und schüttelte sich

angewidert. «Erinnere mich bloß nicht an das Höllenweib. Die ist wirklich absolut ...»

«Still!», unterbrach Rolfhardt da seinen Mann. Der Gesichtsausdruck des lockenköpfigen Vampirs verriet gespannte Aufmerksamkeit und alarmierte Michael sogleich.

«Was ist los?», erkundigte er sich wispernd.

«Es sind vier Personen auf dem Gang vor den Zimmern. Deine Eltern, Elisabeth und Anna. Los komm mit, wir müssen sofort nach ihnen sehen!»

«Woher weißt du ...», setzte Michael mit großen Augen überrascht zu einer Frage an. Doch er unterbrach sich selbst, winkte mit der Hand ab, und meinte nur: »Ich vergaß mal wieder deine Vampirsinne. Los, lass uns nachsehen, was die vier mitten in der Nacht da draußen auf dem Gang verloren haben!»

Die beiden Männer sprangen aus dem Bett, schlüpften rasch in Shorts und T-Shirts, um dann leise die Zimmertür zu öffnen, um Michaels Familie sowie Anna nicht zu erschrecken. Noch wusste man ja nicht, warum sich die vier auf dem Flur des Hotels aufhielten.

Das schwache Notlicht der Fluchtweg-Kennzeichnung reichte aus, um das Notwendigste zu erkennen. Für Rolfhardt ohnehin kein Problem, denn mit dem scharfen Blick seiner Vampiraugen vermochte er selbst im Dunkeln wie am hellen Tage zu sehen.

Die vier Menschen standen hintereinander wie eine seltsame Geisterprozession auf dem Flur. Mit winzigen Trippelschritten bewegten sie sich kaum merklich vorwärts, wobei sie wie in einem heftigen Windzug stehend, sanft hin- und her schwankten. Sofort hatten Michael und sein Mann den Eindruck, dass die drei Frauen und Michaels Vater von einem inneren Zwang getrieben wurden, sich aber im gleichen Atemzug dagegen sträubten, was das zögerliche Vorwärtskommen erklärte. Allen voran lief Michaels Mutter in ihrem geblümten Nachthemd, gefolgt von ihrem Mann im gestreiften Pyjama. Es folgte Elisabeth, Michaels Schwester, im kurzen, violettfarbenen Nighty. Anna Mulgraw, die Firmensekretärin, bildete, in T-Shirt und Shorts gekleidet, den Abschluss des seltsamen Umzuges.

«Was ...», setzte Michael zu einer lauten Frage an. Doch sein Mann unterbrach ihn sofort und legte warnend den rechten Zeigefinger an die Lippen.

«Du darfst sie nicht abrupt aus ihrer Trance reißen, Michael!», flüsterte er warnend. «Das löst möglicherweise einen schweren Schock aus. Ähnlich wie bei Schlafwandlern. Ihnen ist nicht bewusst, was sie da machen.»

«Aber was machen sie da überhaupt?» Michael zeigte sich verständlicherweise zutiefst beunruhigt. «Es scheint, als wollen sie irgendwo hingehen, kommen aber dabei kaum vom Fleck. Unheimlich!»

«Etwas lockt sie», erklärte Rolfhardt. «Erinnere dich an deinen Traum. In ihrem Unterbewusstsein ruft sie jemand zu sich. Gleichzeitig wehren sie sich aber dagegen. Sonst wären sie längst über alle Berge. Die von unseren beiden Geistlichen aufgeführten Rituale, sowie die Schutzamulette, die noch immer von ihnen getragen werden, verhinderten offensichtlich das Schlimmste!»

«Wohin sollten sie wohl gelockt werden? In dieses verdächtige Herrenhaus am Rand der Stadt?»

«Möglich. Allerdings könnte es auch jedes andere Haus in Upper Hamersham sein. Wir wissen nicht, ob sich die dunklen Mächte nur dort einquartiert haben, oder ob sie nicht auch noch über weitere Stützpunkte im Ort verfügen. Verdammt! Wir wissen einfach noch zu wenig über diese dunkle Bedrohung!»

«Und wie bringen wir unsere Leute nun dazu, wieder in ihre Zimmer zurückzukehren und auch dort zu verbleiben, ohne sie dabei aufzuwecken?», erkundigte sich Michael sorgenvoll bei seinem Lebensgefährten.

«Ich verpasse ihnen einen hypnotischen Befehl!», erklärte Rolfhardt mit ernster Stimme. «Meine Fähigkeiten auf diesem Gebiet sollten ausreichend stark sein, um gegen den inneren Zwang anzukämpfen.»

«Na dann, leg los! Ich bin erst wieder beruhigt, wenn unsere Familie und Anna in ihre Zimmer zurückgekehrt sind!»

Rolfhardt nickte und begab sich sofort ans Werk. Er fing mit seiner Schwiegermutter an, die sich nach wie vor an der Spitze der unheimlichen Prozession befand. Der Wiener Vampir stellte sich vor sie, fasste sie an beiden Schultern und brachte seinen Kopf auf die gleiche Höhe wie ihren, so dass er ihr in gerader, direkter Linie in die halb geöffneten Augen schauen konnte.

Michael beobachtete fasziniert die Veränderung, die dabei mit seinem Mann vorging, während er seine vampirischen Kräfte zur Hypnose einsetzte. Seine Gesichtszüge verschwammen etwas, als wenn sich eine Milchglasscheibe darüber schob. Gleichzeitige schienen beide Augen größer zu werden, und die Pupillen bekamen einen intensiven, bernsteinfarbenen Schimmer. Im Halbdunkel des nur durch die Fluchtwegleuchten erhellten Hotelflures leuchteten sie wie kleine Scheinwerfer. Michael musste unwillkürlich an einen Sci-Fi-Klassiker aus dem Fernsehen denken. Dort gab es eine Gruppe außersinnlich begabter, außerirdischer Kinder, deren Augen ähnlich leuchteten, wenn sie ihre Kräfte einsetzten. Im Film allerdings zum Schaden anderer.

Hier jedoch versetzte ihn der Anblick weder in Furcht, noch in Schrecken. Vor ihrer Hochzeit hatte Rolfhardt Michel mit allen Aspekten seiner Vampirexistenz vertraut gemacht. So wusste Michael um den Hypnoseeffekt ebenso, wie um den Anblick, wenn sein Ehemann in den ‚Kampfmodus' wechselte, was seinem Erscheinen ein abschreckendes Äußeres verlieh, mit blutunterlaufenen Augen, den überlangen Vampirzähnen und einer extrem muskulösen, drahtigen Statur. Auch, dass Rolfhardt unter bestimmten Umständen die Gestalt eines großen, eisgrauen Wolfes annehmen konnte, war ihm eindrucksvoll demonstriert worden. Normalerweise verzichtete der Wiener Vampir jedoch auf diese Transformation. Diese zehrte stark an seinen Kräften. Hinterher benötigte er zum ‚Auftanken' eine sehr große Menge Blut. Michael wusste es außerordentlich zu schätzen, dass sein Mann keine Geheimnisse vor ihm haben wollte. Einzig dessen Lebensgeschichte hatte er ihm noch nicht vollständig offenbart. Doch der junge Deutsche wusste, dass sich Rolfhardt irgendwann dazu bereit fühlen würde.

Jetzt aber beobachtete Michael gespannt, wie Rolfhardt auf seine Familie einwirkte, um sie davon abzuhalten, einem möglicherweise lebensgefährlichen Ruf ins Unbekannte zu folgen.

Lydia Fux öffnete ihre bis dahin nur halb geschlossenen Augenlider nun ganz, ohne jedoch dabei aufzuwachen. Das sah man daran, dass sie durch ihren Schwiegersohn praktisch hindurchzuschauen schien, ihn also nicht bewusst wahrnahm. Rolfhardt starrte ihr sekundenlang intensiv und konzentriert in die hellgrauen Augen. Was genau er Michaels Mutter suggerierte, wusste ihr Sohn zu diesem Zeitpunkt noch nicht, denn Rolfhardt musste die hypnotischen Befehle, die er gab, nicht laut aussprechen. Jedenfalls seufzte Frau Fux ein paar Sekunden später vernehmlich und, wie es sich anhörte, aus tiefster Erleichterung. Dann schloss sie ihre Augen wieder halb, wandte sich um, und lief an ihrem Mann, Elisabeth, Anna und Michael vorbei, mit kleinen, langsamen Schrittes zurück zu ihrem Zimmer.

Dieser Vorgang wiederholte sich drei weitere Mal auf die gleiche Weise. Als auch zuletzt Anna in ihr Zimmer zurückgekehrt war, atmete ihr Michael erleichtert auf.

«Bei den Kräften des POSEM, ich danke dir, mein Schatz!», stieß er leise aus, mit dem Gefühl, eine Zentnerlast sei von ihm abgefallen. Er umarmte seinen Mann und küsste ihn kurz auf den Mund.

«Was hast du ihnen denn suggeriert?»

«Nur, dass sie in ihre Zimmer zurückkehren, und nicht auf Stimmen und Befehle achten sollen, die wollen, dass sie Bett, Zimmer und Hotel verlassen. Man muss diese hypnotische Beeinflussung so einfach wie möglich halten, dann wirken sie intensiver. Kompliziertere Hypnose funktioniert nur, wenn die Probanden dabei nicht schlafen, sondern aus dem Wachzustand in meinen Bann gezogen werden.»

«Du hast mich auch in deinen Bann gezogen, obwohl ich nicht hypnotisiert wurde, Rolfhardt», meinte Michael grinsend. «Weißt du, dass du mit deinen Leuchtaugen unheimlich sexy auf mich wirkst?»

«Sexy?», echote Rolfhardt überrascht. «So hat das in all den Jahrhunderten noch niemand beschrieben.»

«Doch, doch, absolut!», beeilte sich Michael zu bestätigen. «Überirdisch sexy! Kannst du deine Augen auch so leuchten lassen, ohne jemanden zu hypnotisieren? Zum Beispiel ... beim Sex?»

«Beim Sex?» Rolfhardt riss überrascht seine Augen auf. «Du willst doch nicht ....» Er brach ab und lachte leise. «Oh, und ob du willst! Ich sehe es dir an. Ich glaube, ich übe einen schlechten Einfluss auf dich aus! Darüber müssen wir uns mal ernsthaft unterhalten!»

«Das können wir, Liebling, aber erst danach! Los, komm zurück ins Zimmer! Ich brauche ein wenig Entspannung nach all der Aufregung!»

Michael nahm die Hand seines Ehemanns und zog ihn mit sich zurück in ihr gemeinsames Zimmer. Nachdem sich die Tür wieder hinter ihnen geschlossen hatte, ließ Rolfhardt erneut seine Augen aufleuchten und sank mit seinem Mann in den Armen zurück aufs Bett. So konnten die beiden Verliebten der Unterbrechung ihrer Bettruhe doch noch etwas Angenehmes abgewinnen ...

Am nächsten Morgen, als die ganze Gruppe wieder im Frühstücksraum zusammenkam, berichteten fast alle, mit Ausnahme von Crystal, Pater O'Flaherty und Bruder Jonathon, von seltsamen Träumen. In denen hatte sie irgendetwas oder irgendwer aufgefordert, einen anderen Ort aufzusuchen.

«Ich erinnere mich auch daran, dass ich mich dabei sehr unwohl fühlte», erzählte Elisabeth Fux ergänzend zu den allgemeinen Schilderungen der anderen. «Plötzlich bist du aufgetaucht, Micha. Rolfhardt war auch dabei. Dann fiel der seltsame Alptraum in sich zusammen, und ich habe weitergeschlafen ...» Sie stockte kurz und warf ihrem Bruder einen nachdenklich-fragenden Blick zu.

«Das ist nicht nur ein Traum gewesen! Richtig, Bruderherz? Etwas ist passiert, und du und dein Mann sind uns zu Hilfe geeilt. Ich habe mich vorhin nämlich noch kurz mit Mama und Papa unterhalten. Die haben mir das Gleiche berichtet. Es ist äußerst unwahrscheinlich, dass drei verschiedene Person exakt den gleichen Traum haben!» Elisabeth Fux klang bestürzt, als sie diese Feststellung äußerte.

Michael nickte bejahend. Anschließend schilderte er kurz das nächtliche Geschehen auf dem Hotelflur. Seine Familie hörte betroffen zu, vor allem aber auch Anna, die ja ebenfalls den somnambulen ‚Ausflug' absolviert hatte.

«Mir scheint, da haben wir wohl völlig unabsichtlich in ein Wespennest gestochen», kommentierte Harrison den Bericht. «Malcolm und ich träumten Ähnliches. Allerdings scheinen wir schon etwas mehr Widerstandskraft gegen die dunklen Mächte zu besitzen. Die nächtlichen Lockrufe haben auch wir im Traum vernommen. Doch wir konnten beide dagegen ankämpfen. Patrick und Jonathon sind völlig außen vor gewesen. Ihnen kam da wohl der Status als Geistliche zu Hilfe.»

«Ich bekam ja schon einiges von eurer Arbeit mit ...», ließ sich Anna, sichtlich betroffen, vernehmen. «Aber die Auswirkungen des NEGEM so direkt an sich selbst zu spüren, ist nochmal eine andere Hausnummer! Was können wir dagegen unternehmen? Ich meine, ich verspüre wenig Lust, in der nächsten Nacht wieder gegen meinen Willen in der Gegend herum zu wandeln!»

«Weiß man denn etwas von den anderen Hotelgästen?», erkundigte sich Pater O'Flaherty, während er sich den grauschwarzen Bart kraulte. «Es ist ja schon merkwürdig, dass nur unsere Gruppe beim Frühstück sitzt. Sonst sah ich hier im Hause noch niemanden an diesem Morgen.» Er lachte kurz. «Nicht mal das Personal. Immerhin stand das Frühstücksbuffet bereit!»

Rolfhardt zuckte mit den Schultern. «Außer unserer Familie und Anna habe ich keinen anderen auf dem Gang hören oder spüren können. Selbst im Erdgeschoss ist es ruhig gewesen», erklärte er.

«Nun, vielleicht treffen wir die Gäste noch im Laufe des Tages», meinte Crystal. «Auf jeden Fall wird mit es immer klarer, dass hier im Ort etwas nicht mit rechten Dingen zugeht. Das Epizentrum scheint sich ja in der etwas heruntergekommenen Villa am Stadtrand zu befinden. Da kommen wir zurzeit aber nicht heran. Daher schlage ich vor, wir unternehmen noch einen weiteren, ausgedehnten Erkundungsgang durch den Ort.»

«Und auf was sollen wir dabei achten?», erkundigte sich Malcolm. «Ich meine, so im Speziellen ...»

«Nicht einfach zu beantworten. Auf verdächtige Umtriebe. Auffällige Personen oder Handlungen. Grob gesagt, auf alles, was von der Norm abweicht», erläuterte die Britin ernst. «Vielleicht gibt es noch weitere Zentren von dunkler Magie, die wir möglicherweise erkennen. Oder das Gegenteil davon: sichere Orte. An die man sich zur Not zurückziehen, und sich von dort aus verteidigen kann.»

«Die Kirche im Ort scheint mir dafür ein guter Anlaufpunkt zu sein!», merkte Bruder Jonathon an.

«Unbedingt!», ergänzte Pater O'Flaherty. «Diese Kirche hat historischen Wert und ist das älteste Gebäude in Upper Hamersham. Die wollte ich mir ohnehin anschauen.»

«Gut!», stimmte Crystal zu. «Schauen wir uns die Kirche als Erstes an. Wir treffen uns in 30 Minuten vor dem White Ghost Inn zum Abmarsch!»

Eine starke halbe Stunde später spazierte die ganze Gruppe scheinbar entspannt durch die Straßen des malerischen Lake-District-Ortes mit seinen typischen englischen Häusern und Vorgärten. Und in der Tat hätte es eine Idylle sein können, schwebte nicht eine dunkle Bedrohung, eine noch nicht greifbare Gefahr über all dem. Ein außenstehender Betrachter hätte zudem bei genauem Hinsehen bemerkt, dass diese 11 Menschen keineswegs so unbeschwert den Tag genossen, wie es der Anschein erwecken sollte. Eine gewisse Gespanntheit und Unruhe ließ sich aus Gesten, Blicken und Worten herauslesen. Allerdings fand sich kaum jemand auf den Straßen, der diese Art von Beobachtung hätte machen können. Wie schon am Vortag, wirkte Upper Hamersham wie ausgestorben. Begegnete der Gruppe um Crystal, Michael und Rolfhardt doch einmal jemand, vermied die- oder derjenige verbissen und verängstigt den Blickkontakt und beeilte sich, davonzukommen. Ein weiteres Puzzleteil in der Vermutung, dass Seltsames in dem Ferienort vor sich ging. Kein Wunder also, dass beim besten Willen keine Urlaubsstimmung aufkam.

Langsam kam die Kirche des Ortes in Sicht. Eine typisch-englische Landkirche aus roten Back- und Bruchsteinen erbaut, deren Fundament um das Jahr 1400 errichtet worden war. Im Laufe der Jahrhunderte erlitt das Bauwerk so manchen Schaden, Auf- und Umbauten, hatte sich mit seinem quadratischen Turm und dem eher kompakten Kirchenschiff seinen spätgotischen Charakter erhalten. Vor allem auch im Inneren der Kirche, wie der kleine Ortsführer verriet, in dem Pater O'Flaherty emsig blätterte.

Die Gruppe näherte sich dem Portal in der Bruchsteinmauer, welche die Kirche und einen kleinen Friedhof rundum umgab. Das Portal war aus dunklem Holz geschaffen, mit einem kleinen, ziegelgedecktem Dächlein. Rechts neben dem Portal gab es einen Schaukasten, der die Zeiten der Gottesdienste und anderer Gemeindeaktivitäten bekannt gab.

O'Flaherty und Bruder Jonathon steuerten, ins Gespräch vertieft, auf das Portal zu, dicht gefolgt von Crystal, Michael und Rolfhardt. Letzterer merkte kurz darauf, dass sich die restliche Gruppe merkwürdig verhielt. Malcolm und Harisson verharrten vor dem Portal, mit deutlichen Anzeichen dafür in Mimik und Gestik, dass irgendetwas sie zu irritieren schien.

Michaels Familie und Anna beachteten dagegen die Kirche überhaupt nicht, sondern sie liefen geradewegs am Portal vorbei und machten stattdessen Anstalten, weiter in den Ort hineinzulaufen.

«He, wo wollt ihr denn hin?», rief der schlanke, blonde Wiener ihnen deswegen hinterher. «Es ist doch abgemacht gewesen, dass wir alle zusammen in die Kirche gehen!» Und zu Malcolm und Harisson sagte er: «Und warum geht ihr nicht weiter? Ihr beide steht da wie angewurzelt und macht ein Gesicht, als hätte der Blitz neben euch eingeschlagen! Was ist denn mit euch los?»

Durch das Rufen wurden auch die beiden Geistlichen, Michael und Crystal auf das Geschehen aufmerksam, kehrten um, und kamen zum Portal zurück, wo sie Rolfhardt fragende Blicke zuwarfen.

Lydia, Werner und Elisabeth Fux, sowie Anna Mulgraw blieben auf den Zuruf Rolfhardts hin zwar stehen, aber man sah ihnen deutlich extreme Verwirrung an. Sie schienen völlig desorientiert zu sein, und drehten sich erst ein paarmal um sich selbst, ehe sie sich zu den anderen hin umwandten.

«K... Kirche?», stotterte Werner Fux verdattert herum. «Wollten wir zu einer Kirche ...? Lydia ...?» Er warf seiner Frau einen absolut hilflosen Blick zu.

Doch die schien nicht weniger verwirrt, als ihr Mann. «Ich weiß nicht, Werner», gab sie zögerlich zur Antwort. «Wollten wir in die Kirche? Elisabeth ...», bezog sie nun auch ihre Tochter in ihre Frage mit ein, «... Elisabeth, was ..?»

Elisabeth schüttelte wie benommen den Kopf, als versuchte sie angestrengt, sich daran zu erinnern, hob aber nur in hilfloser Geste ihre Schultern.

Einzig Anna Mulgraw zeigte ein leises Erkennen. «Ja ...», sagte sie stockend. «Ja ... ich glaube, wir sprachen im Hotel davon, in die Kirche zu gehen. Ja, jetzt erinnere ich mich wieder! Warum habe ich das bloß vergessen?», grübelte sie daraufhin laut. «Es ist doch noch gar nicht so lange her?»

Zögernd kehrten die vier Menschen um und bewegten sich erneut auf die Kirche zu. Als sie an der Position ankamen, an welcher noch immer Malcolm und Harrison wie angewurzelt vor dem Portal standen, stockte ihr Schritt jedoch wieder. Die anderen konnten ganz klar erkennen, dass sich der Blick ihre Kollegin und Michaels Familienmitgliedern urplötzlich verschleierte. Prompt gingen sie ohne Halt am Portal vorbei, um sich jetzt in die entgegengesetzte Richtung von der Kirche zu entfernen. Diesmal folgten ihnen sogar die beiden Männer wieder. Die Kerntruppe der Geisterjäger sowie Pater

93

O'Flaherty und Bruder Jonathon warfen sich verblüffte Blicke zu.

«Halt!», donnerte Rolfhardt daraufhin den Weggehenden hinterher, die sofort wie angewurzelt stehenblieben, und noch einen Moment lang mit halb geschlossenen Augen wie Schilfhalme im Wind hin- und her schwankten.

«Da will wohl jemand verhindern, dass normale Leute die Kirche betreten!», brachte Bruder Jonathon die Ereignisse auf den Punkt.

«Womit eindeutig bewiesen ist, dass wir fünf alles andere als ‚Normal' sind, was, Leute?», brummte Michael mit galligem Humor.

«Jedenfalls kommen wir so nicht weiter!», stellte Crystal mit ernstem Gesicht fest. «Wir werden deine Leute und unsere Freunde mit sanften Druck in die Kirche führen müssen. Sonst laufen sie vermutlich ständig daran vorbei. Ohne sich dabei zu erinnern, dass sie selbst ursprünglich dort hinein wollten.»

«Ein Beweis mehr für schwarzmagischen Einfluss!», gab Rolfhardt knurrend von sich. «Also lasst sie uns einfangen!»

Sie kehrten gemeinsam auf die Straße zurück, um sich bei den Verwirrten einzuhaken um sie mit sanfter Gewalt zuerst auf den Kirchengrund, und dann in die Kirche selbst zu bugsieren. Das gestaltete sich schwieriger als erwartet.

Während Malcolm und Harisson noch einigermaßen unkompliziert in diese Richtung dirigiert werden konnten, strebten Michaels Familie und Anna immer wieder in die entgegengesetzte Richtung, weg vom geweihten Grund. Dabei war ihnen überhaupt nicht bewusst, dass, und vor allem, warum sie sich so sträubten. Es trieb sie immer weg von diesem Ort. Nur mit größerer Mühe schafften die Geisterjäger es, die unter einem seltsamen Bann stehenden in das Kirchenschiff hinein zu verfrachten.

Nachdem sich das massive Holzportal hinter ihnen schloss, ging mit den Betroffenen eine deutliche Veränderung von sich. Ihre Körperhaltung straffte sich, die Gesichtszüge entspannten. Und die eben noch wie verschleiert wirkende Augen gewannen ihren normalen, wachen Glanz und die Klarheit zurück.

«Was ... was ist das denn eben gewesen?» Werner Fux griff sich ungläubig an den Kopf und fuhr sich mit zitternden Händen durch den ergrauten Haarschopf. «Ich ... wir ... wir standen ja völlig neben uns!»

Spontan umarmte er zunächst seinen Sohn und anschließend, zur Rolfhardts Überraschung, auch ihn, den neuen Schwiegersohn. Da ein solcher Gefühlsausbruch für Michaels Vater eher ungewöhnlich war, zeigte es, wie sehr das eben Erlebte ihn erschüttert hatte.

«Meine Jungs ... und natürlich auch Crystal und ihr alle anderen zusammen ...», fuhr Werner Fux dann fort, nachdem er sich von den beiden Männern wieder gelöst, dafür aber seiner Frau den Arm um die Hüfte gelegt hatte, «... ich glaube, so langsam verstehe ich den Kern eurer Arbeit erst so richtig! Wir wollten in die Kirche, konnten aber nicht! Da saß etwas Fremdes in meinem Kopf und hat mich quasi ferngesteuert! Und ich, nein, wir, wir konnten absolut nichts dagegen unternehmen! Ein scheußliches Gefühl völliger Ohnmacht, das ich nicht noch einmal erleben möchte! Ohne Euch ... ich mag gar nicht daran denken, dass wir dieser Sache total ausgeliefert gewesen wären!» Er schüttelte fassungslos einen Kopf.

Und Elisabeth Fux fügte, nachdem sie ihrem Vater beigepflichtet hatte, hinzu: «Geht das dann wieder von vorne los? Ich meine, wenn wir die Kirche verlassen – fallen wir dann wieder unter diesen fremden Zwang?»

«Ich denke, das können wir verhindern!», antwortete Crystal überzeugt. «Schließlich verfügen wir über einige

Erfahrung auf diesem Gebiet. Patrick und Bruder Jonathon werden diverse Riten durchführen. Schutzrituale, Weihungen. Das sollte eure Abwehrkraft gegen diese Einflüsterungen stärken. Zurück am Hotel werden wir euch dann noch mit wirksameren Schutzamuletten aus unserem mitgeführten Fundus ausstatten.»

«Außerdem möchte ich euch mit einem hypnotischen Gegenbann versehen!», meldete sich Rolfhardt mit ernster Miene zu Wort. «Natürlich nur mit eurem Einverständnis. Das sollte euch, wie zuvor in der Nacht, in die Lager versetzen, den Einflüsterungen standzuhalten.»

Elisabeth Fux trat augenblicklich vor. «Und wie einverstanden ich bin. Du kannst sofort bei mir loslegen, lieber Schwager!»

«Danach bei mir, Rolfhardt, mein Junge!», stimmte auch Michaels Mutter sofort zu, begleitet von bejahendem Nicken ihres Mannes. «So ein Ohnmachtsgefühl ist fürchterlich. Das brauche ich nicht noch einmal!»

«Da stimme ich vorbehaltlos zu!», pflichtete Anna ihr bei. «Außerdem denke ich, dass wir nach unserer Rückkehr nach London an unseren Selbstschutz-Strategien arbeiten müssen. Speziell meine Wenigkeit. Und unsere beiden Jungs ...», sie hakte sich bei Rissi und Malcolm ein, «... die können auch eine kleine Auffrischung vertragen, nicht wahr?»

Der weiße Vampir machte sich sofort ans Werk, nachdem er seine Familie und Anna wegen seiner wechselnden Augenfarbe, die er bekam, wenn er die Vampir-Hypnose durchführte, vorgewarnt hatte. Rissi und Malcolm kannten das bereits.

Unterdessen hatten sich Pater O'Flaherty und Bruder Jonathon zur Sakristei in der Kirche begeben, die sie glücklicherweise unverschlossen vorfanden. Dort hingen liturgische Gewänder und Schals. Auch Kerzen, eine Bibel, und eine kleine, silberne Dose, die geweihte Hostien für die

Eucharistie-Feier enthielt. Alles Dinge, die die beiden Geistlichen für die Anrufung von Schutzheiligen und die beabsichtigten Segnungen gut gebrauchen konnten. Auch eine Glaskaraffe und einen Wasserhahn gab es in der Sakristei. So konnte Pater O'Flaherty Weihwasser herstellen.

Nachdem die beiden Männer alle Vorbereitungen abgeschlossen hatten, warteten sie noch darauf, das Rolfhardt seine Arbeit, den hypnotischen Schutzblock zu etablieren, beendete. Dann machten sie sich ans Werk. Malcolm, Anna, Werner und Lydia Fux, Rissi und Elisabeth wurden kreisförmig um die beiden Geistlichen gruppiert. Die sprachen diverse Schutzgebete und Heiligenanrufe. Sie verteilten Hostien im Namen des Vaters, des Sohnes und des heiligen Geistes. Abschließend segneten sie allen mit Weihwasser, welches über die Körper gesprengt wurde, sowie mit einem Kreuz auf die Stirn. Die ganze Sache dauerte insgesamt etwa eine Stunde.

«Das sollte euch genügend Schutz vor neuerlicher Beeinflussung gewähren!», stellte Patrick O'Flaherty zum Abschluss der Aktion fest, während er das violette, liturgische Gewand wieder auszog. Anschließend räumte er gemeinsam mit Bruder Jonathon Gewänder, Schals und Utensilien wieder an ihren Platz zurück, bemüht, alles so zu hinterlassen, wie man es angetroffen hatte.

«Und wie geht es nun weiter?», fragte Michaels Schwester in die Runde.

«Ich schlage vor, wir setzen zunächst das fort, was wir ursprünglich vorhatten», sagte Crystal. «Herauszufinden, warum jemand einen ganzen Ort mit einem mysteriösen Bann belegt. Und den Ort zu erkunden, ob wir noch mehr dunkle Hot Spots entdecken. Ich meine, außer dieser Landvilla. Immerhin wissen wir nun, dass die Kirche im Bedarfsfall ein Safe House für uns sein kann.»

«Sind denn nicht alle Kirchen sicher?», erkundigte sich

Lydia Fux. «Ich meinen, so als Gegenstück zu den negativen Kräften?»

«Berechtigte Frage!», übernahm es Rolfhardt, zu antworten. Immerhin hatte er am längsten Erfahrung mit den finsteren Mächten sammeln können. «Grundsätzlich sollte man das annehmen. Aber die Wirklichkeit sieht in Einzelfällen leider anders aus. Es kommt tatsächlich darauf an, ob es innerhalb der Mauern einer Kirche immer sakrosankt zugegangen ist!»

«Sakrosankt?» Anna Mulgraw schaute den Vampir, der sich bei seinem Mann untergehakt hatte, fragend an.

«Damit ist gemeint, dass die Heiligkeit der Stätte nicht durch unangemessenes Verhalten nachhaltig gestört wurde», erläuterte der bereitwillig. «Zum Beispiel, dass innerhalb einer Kirche Straftaten begangen wurden. Sexueller Missbrauch fiele in diese Kategorie. Im Grunde jedoch alle Arten von Kriminalität, die sich gegen die leibliche und geistige Unversehrtheit von Personen richtet, sowie Kapitalverbrechen. Eine derart geschändete Kirche lässt sich nur schwer wieder segnen. Hier ist es dann denkbar, dass derartige Orte keinen sicheren Rückzug bieten, weil das Böse bereits einen Fuß in der Tür hatte. Versteht jeder, was ich ausdrücken will? Das Ganze ist recht komplex. Ich habe es stark vereinfacht erklärt.»

«Danke Rolfhardt», bedankte sich Elisabeth bei ihrem Schwager. «Du hast das sehr anschaulich erklärt.»

«In der Tat ...», pflichtete auch Michael bei. «So klar ist mir das bisher auch noch nicht gewesen!»

Crystal nickte zustimmend. «In unserem Metier lernt man eben ständig dazu. Von Rolfhardt können wir noch viel lernen. Er kämpft ja schon viel länger gegen das NEGEM.»

«Nur bisher nicht so organisiert und im Team, wie jetzt!», wehrte der Gelobte bescheiden ab. «Aber wir sollten die Kirche so langsam wieder verlassen», kam er dann auf die eigentliche Absicht der Gruppe zurück. «Der Tag schreitet voran, und wir müssen den Ort weiter erkunden. Ich schlage vor, Michael und ich begeben uns als erste vor die Tür. Crystal nimmt Lydia, Werner und Elisabeth als nächstes mit sich. Dann Malcolm mit, Anna und Bruder Jonathon. Patrick bildet mit Rissi den Schluss. Sollte sich bei irgendeinem immer noch Beeinflussungen zeigen, können wir umgehend reagieren.»

«Das ist ein ausgezeichneter Vorschlag!», zeigte sich Crystal, als Chefin von ESP Investigations einverstanden. «Genauso werden wir es machen. Also dann, los, Leute!»

Also machten die beiden frisch verheirateten Männer den Anfang und verließen die Kirche. Etwa auf halber Strecke zwischen Kirchtür und Mauerportal blieben sie stehen.

«Der nächste Schwung kann kommen!», rief Michael den anderen im Kirchenschiff zu.

Die Tür öffnete sich daraufhin wieder einen Spalt weit, und Michaels Schwester Elisabeth streckte prüfend ihren Kopf heraus, aufmerksam dabei von den beiden Männern beobachtet. Sie verharrte einen Moment mit angespannter Miene. Doch dann drückte sie die Tür entschlossen auf und trat ins Freie hinaus. Sie hielt dabei die Tür offen.

«Alles OK!», rief sie ins Innere hinein. «Ich verspüre keinen fremden Zwang mehr. Die Maßnahmen von Pater O'Flaherty und Bruder Jonathon zeigen Wirkung. Ihr könnt herauskommen!»

Als nächste traten Michaels Eltern mit Crystal, eingehakt in ihrer Mitte, aus der Kirche heraus. Man sah ihnen sofort an, welche Erleichterung sie verspürten, als auch sie den verschwundenen, unheilvollen Einfluss registrierten.

Gleich darauf stand die gesamte Gruppe wieder auf der Straße vor dem Mauerportal, froh, den fremden Einflüsterungen entkommen zu sein. Um so entschlossener setzten sie ihre ursprüngliche Absicht fort, Upper Hamersham genauer zu erkunden.

Das Ereignis trug dazu bei, dass sich die elf Menschen noch aufmerksamer ihrer Umgebung widmeten. Mit Argwohn betrachteten sie die wenigen Leute auf den Straßen, denen sie überhaupt begegneten. Doch bis zum Mittag konnten sie keine weiteren, besonders verdächtigen Häuser oder Personen ausmachen. Einerseits fühlten sie sich dabei erleichtert. Andererseits aber auch frustriert, denn sie kamen keinen Schritt in ihren Ermittlungen voran. Daher entschlossen sie sich erst einmal zu einer Pause.

In einer kleinen Bäckerei versorgten sie sich kurzerhand mit leckeren Pasteten und Limonade, was sie, nun wieder ein wenig entspannter, an ein paar Stehtischen vor dem Ladenlokal zu sich nahmen.

«Ich glaube, wir sollten nach dem Essen langsam wieder ins ‚White Ghost Inn' zurückkehren», schlug Crystal vor, nachdem sie den letzten Bissen ihrer Hähnchenpastete mit einem Schluck Limonade hinuntergespült hatte. «Wir werden hier im Ort wohl auf keine weitere Bastion der Finsternis stoßen!»

Zu diesem Zeitpunkt ahnte sie natürlich noch nicht, wie schnell die Gruppe in dem Punkt eines Besseren belehrt werden würde. Die anderen stimmten dem Vorschlag zu, und so schlenderten sie langsam zu ihrer Unterkunft zurück.

Dort angekommen, suchten sie die geöffnete Gaststube auf, um sich bei einer Tasse Tee weiter zu beratschlagen. Außer ihnen saß nur ein weiterer Hotelgast an einem der zehn Tische. Es war der Mann des älteren Ehepaares, Carl Harding, mit dessen Frau man sich im ‚Little Cosy Teapott' am Vortag ein Weilchen unterhalten hatte.

Crystal begrüßte ihn, während ihre Freunde und Kollegen an den freien Tischen Platz nahmen. «Guten Tag, Mister Harding. So allein hier? Wo haben sie denn ihre Frau gelassen?»

Der grauhaarige Endsechziger drehte langsam seinen

Kopf in Crystals Richtung. Dabei registrierte die Geisterjägerin, dass dessen Blick ein wenig unstet hin- und her irrte, gerade so, als müsse er die Sprecherin der Worte erst suchen. Außerdem erschien er ihr sehr verwirrt zu sein. Was dann folgte, ließ nicht nur bei Crystal sämtliche Alarmglocken schrillen!

«Frau ...?», antwortete er gedehnt, fast wie in Zeitlupe.

«Welche Frau ...?»

«Na, ihre Frau. Clara heißt sie doch, wenn ich mich richtig entsinne!» Crystal tauschte kurz bedeutungsvolle Blicke mit Michael und Rolfhardt aus, die beide neben sie getreten waren. «Wir haben uns gestern hier in der Teestube getroffen und uns nett unterhalten. Erinnern sie sich denn nicht?»

«Clara ...?» Mr. Harding wirkte verunsichert. Offenbar schien er mit Crystals simpler Frage nichts anfangen zu können. «Teestube? Getroffen?» Der alte Mann überlegte angestrengt, doch es kam kein Ausdruck des Erkennens in sein Gesicht.

«Sie müssen sich irren, junge Frau ...», antwortete er schließlich zögernd. «Ich kenne keine Clara. Und ich bin auch nicht verheiratet ...»

Die Geisterjäger und Michaels Familie schauten sich gegenseitig erschrocken und ungläubig zugleich an. Wie konnte das sein, dass ein Mensch von heute auf morgen seine eigene Ehefrau vergisst? An Alzheimer oder Altersdemenz schien Mr. Harding am gestrigen Tag nicht gelitten zu haben. Also musste es etwas mit den Vorgängen hier in Upper Hamersham zu tun haben. Da war sich das Geisterjäger-Team sicher, ohne groß darüber diskutieren zu müssen. Just in diesem Moment nahm das Geschehen im Ort eine dramatische Wendung! Wo steckte Clara Harding. Ist ihr etwas zugestoßen?

Crystal gab sich einen Ruck, wobei sie sich bemühte, nicht aufgeregt zu wirken. Sie nahm lächelnd am Tisch des alten Mannes platz, der nun einen recht verlorenen Eindruck machte und ins Leere starrte, während er sichtlich angestrengt überlegte. Seine Lippen bewegten sich dabei, und formten unhörbare Worte. Die rothaarige Britin ergriff sanft seine rechte Hand, die auf dem Tisch vor ihm lag, und streichelte sie behutsam.

«Mr. Harding ...», sagte sie leise, aber eindringlich, «... schauen sie mal ... wenn sie sagen, dass sie nicht verheiratet sind, warum tragen sie dann einen Ehering?»

Der alte Mann starrte mit weit aufgerissenen Augen seine Hand an. Sein flackernder Blick schwankte zwischen Unglauben und Bestürzung. Er atmete heftig vor steigender Erregung und setzte mehrmals zum Sprechen an. Endlich schaffte er es, mit brüchiger Stimme ein Wort hervorzubringen: «Clara ...?»

Es lag eine Vielzahl von Emotionen in diesem einem Wort. Unglauben, Erinnerung, Angst, Scham, Traurigkeit und Qual.

Er hob den Kopf, und aus tränenverschleierten Augen schaute er Crystal an. «Clara ... wo ist Clara? Wo ist meine Frau?» Unter der Wucht der Erinnerung schien Mr. Harding regelrecht in sich zusammenzufallen. So, als strömte die Luft aus einem Ballon heraus. Schluchzend brach es aus ihm hervor, schüttelte seinen Körper. «CLARA ...»

Crystal und die anderen verfolgten die Szene voller Bestürzung. Die rothaarige Britin versuchte Mr. Harding wieder ein wenig zu beruhigen.

«Wir wissen nicht, was mit ihrer Frau geschehen ist, Mr. Harding», gab sie offen zu. Denn es würde nichts bringen, den Mann anzulügen. «Ich verspreche ihnen aber, dass wir alles versuchen werden, herauszufinden, was genau passiert ist. Und wir setzen alles daran, ihre Clara zu finden. Mein Freund hier ...», sie wies auf Rolfhardt, «... wird sich nun ein bisschen mit Ihnen unterhalten. Danach geht es ihnen bestimmt etwas besser. Danach sollten sie auf ihr Zimmer begeben und dort bleiben, bis ich mich wieder bei ihnen melde. OK, Mr. Harding?»

Ihr Gegenüber starrte sie einen Moment lang verwirrt an, nickte dann aber in kraftloser Geste. Crystal verständigte sich kurz über Blicke mit Rolfhardt. Der weiße Vampir begriff sofort, was Crystal beabsichtigte und tauschte mit ihr den Platz am Tisch. Er würde Mr. Harding hypnotisieren, damit dieser mit der Situation zurechtkam, und vor allem auf seinem Zimmer blieb, bis die Geisterjäger ein wenig mehr Licht in die Sache gebracht hatten. Das Mrs. Harding verschwunden war, stellte eine gefährliche Eskalation der Lage in Upper Hamersham dar. Das Team musste dringend handeln, denn ganz offensichtlich bestand hier eine reale Gefahr für Leib und Leben!

«Es ist erledigt», sagte Rolf kurz darauf zu Crystal, nachdem er Mr. Harding erfolgreich hypnotisiert, und Malcolm gebeten hatte, den alten Herrn auf sein Zimmer zubringen. «Er muss unter einem magischen Bann gestanden haben, der aber nicht sonderlich stark gewesen sein kann. Sonst hättest du bei ihm nicht die Erinnerung wieder hervorholen können, Crystal. Seine Widerstandskraft ist eher gering, was an seinem Alter liegen mag.»

«Ich denke, dass unser unbekannter Gegner wohl kaum mit unserem Eingreifen rechnete», mutmaßte die Chefin der Geisterjäger. «Wenn er aber mitbekam, was hier soeben geschah, ist er auf jeden Fall gewarnt. Das könnte unsere Ermittlungen womöglich etwas erschweren.»

«Zumal wir immer noch nicht wissen, nach was wir eigentlich suchen», meinte Michael missmutig. «Wie wollen wir nun vorgehen?»

«Ich schlage vor, dass deine Eltern und deine Schwester auf ihre Zimmer gehen und vorerst dortbleiben», antwortete ihm Crystal ernst. «Unsere Crew kommt dann in meinem Zimmer zur Lagebesprechung zusammen. Ich möchte das nämlich nicht hier unten machen. Wer weiß, welche Ohren hinter den Wänden lauschen. Natürlich gilt das im Zweifelsfall auch für unsere Zimmer. Aber dort haben wir immerhin ein paar Abwehrmaßnahmen getroffen, die es dem oder den Unbekannten etwas erschweren dürften mitzubekommen, was wir besprechen!»

Da dieser Vorschlag allgemein auf Zustimmung stieß, war das gleichzeitig Anlass zum Aufbruch. Allerdings gab es dann im Foyer des ‚White Ghost Inn‘ einen Zwischenfall, der die ganzen Pläne sofort wieder über den Haufen warf.

Just, als man sich anschickte, zu den Zimmern zurückzukehren, öffnete sich die Außentüre des Hotels, und das jüngere Ehepaar, welches sie am Vortag auch in der Teestube angetroffen hatten, trat ein. Das aber allerdings ohne deren beider Kinder. Unter normalen Umständen sicherlich keines besonderen Aufhebens wert. Kinder und Eltern unternahmen im Urlaub auch einmal getrennte Aktivitäten. Doch nach dem Vorfall mit den Hardings klingelten bei den Geisterjägern sofort sämtliche Alarmglocken!

«Oh, Hallo!», rief ihnen Michael geistesgegenwärtig entgegen. «Haben Sie einen Ausflug gemacht? Wo haben sie denn ihre Kinder gelassen?»

Das Ehepaar schaute sich verdutzt an. «Welche Kinder?», gab der Mann dann die befürchtete Antwort. «Wir haben keine Kinder ...» Die letzten Worte des Familienvaters kamen aber sehr zögernd heraus, ganz so, als wäre er sich dabei nicht sicher. «Oder Schatz?», fügte er noch an seine Frau gewandt hinzu.

Die schüttelte langsam den Kopf, wobei sie einen ziemlich verwirrten Eindruck hinterließ. «Nein, wir hatten nie Kinder ... glaube ich wenigstens ...»

Michael tauschte rasche Blicke mit Crystal und Rolfhardt aus. Die offensichtlich ebenfalls verschwundenen

Kinder eskalierten die Situation dramatisch. Nun hieß es, schnellstens zu handeln, bevor den Verschollenen womöglich ein schlimmes Schicksal drohte!

«Was haben sie denn heute Schönes unternommen?», fragte Michael weiter, um den Gesprächsfaden nicht abreißen zu lassen. Vielleicht ergaben sich ja Anhaltspunkte darüber, was der Familie widerfahren war. Das Ehepaar hielt sichtlich widerwillig inne. Die Fragen der Geisterjäger schienen ihnen Unbehagen zu bereiten.

«Einen Spaziergang haben wir gemacht ...», antwortete der Mann dann doch noch, wenn auch etwas schleppend. Und seine Frau ergänzte: «Ja, einen Spaziergang haben wir gemacht. In den Wald. Zusammen mit den K...» Sie wollte wohl ‚Kinder' sagen. Doch urplötzlich verschleierte sich ihr Blick, ihre Gedankengänge zerfaserten und sie verlor den Faden. «Spaziergang in den Wald», beendete sie dann ihren angefangenen Satz. Sie schloss kurz ihre Augen, schwankte ein wenig, und hielt sich dann Halt suchend am Arm ihres Gatten fest. Den Geisterjägern war umgehend klar, dass sie sofort etwas unternehmen mussten!

«Rolfhardt» Michael schaute seinen Mann auffordernd an, der natürlich gleich wusste, worauf sein Partner hinauswollte.

Sofort machte er sich daran, bei dem Paar den hypnotischen Block zu lösen, wie zuvor bereits bei Mr. Harding. Normale Menschen versetzte er dazu in eine Art Duldungstrance, was er als Vampir mit nur wenigen Blicken bewerkstelligen konnte. Andernfalls hätte der jeweils andere wohl kaum in Ruhe zugesehen, wenn jemand mit bernsteingelb aufleuchtenden Augen vor dem Ehemann oder der Frau stand, um mit monotonen, leise gemurmelten Worten auf die Person einzuwirken. Meistens schaffte Rolfhardt eine Hypnose, also das Erteilen von unterschwelligen Befehlen, in nur wenigen Augenblicken. Doch bei dem Ehepaar schien er unerwartet damit Schwierigkeiten zu haben.

Seinen Versuch gestartet hatte er mit dem 34jährigen Mann. Nach ein paar Minuten schüttelte er jedoch mit verbissener Miene seinen Kopf und wandte sich dessen in etwa gleichaltrigen Ehefrau zu. Aber bei ihr schien er ebenso wenig durchzudringen.

«Die beiden hat man mit einem extrem starken Block versehen!», presste er schließlich resigniert hervor, während das Paar weiterhin in Trance wie teilnahmslos verharrte. «Viel stärker als bei Mr. Harding.»

«Kannst du da gar nichts ausrichten, Rolfhardt?», erkundigte sich Crystal von Sorge erfüllt.

Der blonde Wiener wiegte skeptisch seinen Kopf hin und her. «Damit die beiden ihre Kinder vergessen, muss man ihnen einen wirklich mächtigen Block verpasst haben», meinte er dann überlegend. «Die Eltern-Kind-Bindung ist eine der stärksten, die es in der Natur gibt. Aber nichts widersteht letztlich einem Vampir, außer einem Vampir selbst, natürlich. Ich kann deren Block brechen. Doch das benötigt mehr Zeit!»

«Zeit, die uns zwischen den Fingern hindurch rinnt», kommentierte Rissi düster und kratzt sich seinen kurzgeschorenen, rothaarigen Schädel. «Dabei zählt jede Minute, um die Kinder und Mrs. Harding zu finden!»

«Ich würde sogar behaupten, dass jede Sekunde zählt!», fügte Crystal eindringlich hinzu. «Verflixt noch eins! Kann man da gar nichts machen?»

„Ich hätte da eventuell eine Idee …", sagte Rolfhardt nachdenklich. „Es gibt eine Möglichkeit, meine hypnotischen Fähigkeiten zu verstärken. Die beiden müssen mein Blut trinken. Dadurch bekomme ich eine stärkere Macht über sie!"

„Sie sollen dein Blut …?", entfuhr er Elisabeth, Michaels Schwester überrascht. „Werden sie dadurch nicht selbst zu Vampiren?"

Rolfhardt schüttelte seinen Kopf. „Nein, da kann ich euch beruhigen. So etwas würde ich grundsätzlich niemandem antun. Dafür müsste ich ihnen nämlich zuvor praktisch den Blutvorrat des Körpers so weit absaugen, dass sie die Schwelle zum Tod knapp unterschritten hätten. Erst dann würde mein Blut sie zu Vampiren umformen. So aber, in sehr geringen Quantitäten, stärkt es sie nur gegen schwarzmagische Beeinflussung und unterwirft sie meinem hypnotischen Befehl. Allerdings ..."

„Allerdings?" Michael und die anderen schauten Rolfhardt fragend an.

„Ich werde den beiden jeweils etwa einen halben Liter meines Blutes verabreichen. Das schwächt mich stark. Das heißt, ich muss dann selbst Blut ‚nachtanken', damit ich möglichen Gegnern und Gefahren kraftvoll entgegentreten kann ..."

Er hatte kaum ausgesprochen, da streckten sich ihm schon sämtliche Unterarme seiner Freunde, Kollegen und Verwandten entgegen. Sogar Michaels Familie schloss sich dieser Solidaritätsbezeugung an. Überwältigt von so viel Zuwendung bekam der Vampir aus Wien vor Rührung feuchte Augen. Er versuchte, seine Fassung zu wahren, indem er sich sogleich bei dem Ehepaar ans Werk begab.

Die beiden verharrten nach wie vor teilnahmslos im Foyer des Gasthauses vor der verwaisten Rezeption, weil sie ja immer noch unter der Duldungstrance standen. Rolfhardt ‚fuhr' den Fingernagel des Zeigefingers seiner rechten Hand aus, der dadurch stahlhart und spitz zulaufend wurde, und ritzte sich damit im Bereich der Pulsadern am linken Unterarm die Haut auf. Schwarz-rotes Blut trat hervor. Rasch gab er der Frau einen geistigen Befehl, während er ihr das Handgelenk vor den Mund hielt. Die Frau ergriff den Arm, setzte den Mund an und begann geistesabwesend und mechanisch das austretende Blut zu trinken.

Anschließend wiederholte Rolfhardt den Vorgang bei ihrem Ehemann. Alles in allem dauerte die Aktion keine fünfzehn Minuten.

„Und jetzt?", fragte Lydia Fux neugierig, nachdem sie die Arbeit des Vampirs geradezu fasziniert verfolgt hatte.

„Ein paar Minuten müssen wir warten", antwortete der Wiener. „Mein Blut muss sich erst im Körper verteilen."

„Über den Magen?" Michaels Vater klang skeptisch. „Dauert das nicht zu lange?"

Rolfhardt verneinte lachend. „Nein, das geht sehr schnell. Vampirblut besitzt besondere Eigenschaften. Es diffundiert in Windeseile in die Blutgefäße der Magenwand und des Darms. Apropos Blut – wen darf ich als Erstes beanspruchen? Ich merke schon meinen Aderlass. Ich fühle mich etwas benommen, und meine Knie scheinen sich in Pudding zu verwandeln. Ihr werdet keine Schmerzen verspüren, und ich entnehme pro Person nur um die zweihundert Milliliter ..."

„OK, ich mache den Anfang, Schatz!", meldete sich Michael sogleich und hielt seinem Ehemann den Unterarm hin. Ihm schlossen sich seine Schwester, Bruder Jonathon, Malcolm und Rissi an. Nach weniger als zwölf Minuten hatte Rolfhardt wieder genug an Blut aufgenommen, um über seine vollen Kräfte verfügen zu können.

„Herzlich Dank an alle für eure Unterstützung", bedankte er sich anschließend noch einmal bei seinen Spendern. „Dann wollen wir uns mal um das Ehepaar kümmern!"

Zunächst versicherte er sich, dass sich an Mund und Gesichtern des Paares keine Blutspuren mehr zeigten, um sie nicht unnötig zu erschrecken. Anschließend setzte der Vampir wieder seine Hypnosefähigkeiten ein, für die Umstehenden ersichtlich am bernsteingelben Aufleuchten seiner Augen.

Bei diesem Versuch fiel die Reaktion bei dem Paar

deutlicher als zuvor aus. Bereits nach wenigen Augenblicken schloss die Frau ihre Augen. Kurz darauf beendete Rolfhardt bei ihrem Ehemann ebenfalls seine ‚Behandlung'. Auch er schloss daraufhin seine Augen.

„Bereit?", fragte Rolfhardt seine Kollegen danach. „Wenn ich mit den Fingern schnippe, wachen sie auf und werden sich an das Meiste erinnern. Es könnte jedoch sein, dass sie hysterisch oder panikartig reagieren. Darauf sollten wir vorbereitet sein!"

«Gut zu wissen. Dann ist es vielleicht besser, wenn wir uns zunächst auf mein Zimmer zurückziehen», bremste Crystal ab. «Ich möchte nicht, dass zufällig das Personal hinzukommt, wenn wir die Erinnerung reaktivieren.»

«Meinst du, die haben da irgendetwas damit zu tun?», erkundigte sich Pater O'Flaherty bei der Londonerin.

Crystal wiegte den Kopf. «Sagen wir mal so: Ich habe da so ein leichtes Bauchgefühl!»

«Dann sollten wir es so machen, wie du es vorgeschlagen hast. Bei deiner Sensitivität für das NEGEM ist selbst ein leichtes Bauchgefühl schon ein schwerwiegendes Argument!»

Rasch zog man sich ins Obergeschoss zurück. Um nicht zu erdrückend auf das junge Ehepaar zu wirken, fanden sich in Crystals Zimmer nur das Kern-Team, sowie Pater O'Flaherty ein, da man geistlichen Beistand beim ‚Erwecken' der beiden vorsorglich in Erwägung zog. Man wusste ja nicht, wie die Reaktion ausfallen würde.

In Crystals Zimmer ließ man das Paar auf den beiden schmalen Stühlen, die links und rechts neben einem kleinen Tisch standen, Platz nehmen. Michael und Patrick O'Flaherty setzten sich auf das Bett. Rolfhardt und Crystal positionierten sich direkt vor dem Paar.

«OK, du kannst loslegen!», gab Crystal dem weißen Vampir das Startsignal.

Der nickte kurz, dann schnippte er laut und deutlich mit den Fingern. Der Mann und die Frau zuckten irritiert zusammen. Die Geisterjäger konnten daraufhin klar erkennen, wie sich der Ausdruck ihrer Augen klärte. Ihre Gestalt straffte sich, und sie schüttelten ihren Kopf, um die Benommenheit zu vertreiben. Dann schauten sie sich mit großen Augen überrascht im Zimmer um. Der Mann sprang als Erster auf, die Frau nur einen Moment später.

«Mein Gott – die Kinder!» Ein erstickter Schrei drang aus der Kehle der Mutter. «Wo sind die Kinder?»

Und ihr Ehemann schüttelte drohend die Fäuste in Richtung Crystal und Rolfhardt. «Sagen Sie uns auf der Stelle, wo unsere Kinder sind!», forderte er vehement. «Was habt ihr mit Ihnen gemacht?»

Crystal redete sofort beruhigend auf die Frau ein, während Rolfhardt seine Vampirfähigkeiten erneut auf den Mann anwandte, um ihn zu beruhigen und eine Eskalation der Situation zu verhindern. Da der besorgte Vater noch genug Vampirblut in seinem Kreislauf hatte, bekam Rolfhardt ihn sofort in den Griff und wies ihn an, sich wieder zu setzen. Anschließend beruhigte er auf die gleiche Art und Weise auch dessen Frau. So gelang es ihm und Crystal in relativ kurzer Zeit, die Lage in dem Gästezimmer zu entspannen.

«Wir wissen nicht, was mit ihren Kindern geschehen ist, Mr. und Mrs ...?», sprach Crystal mit sanfter Stimme auf das Ehepaar ein.

«Lancaster», antwortete der Mann mit bedrückter Miene, während er seine Hände nervös knetete. «Moira und John Lancaster ...»

«Mr. Lancaster, Mrs. Lancaster – wir wissen nicht, was mit ihren Kindern geschehen ist. Aber wir werden alles Menschenmögliche unternehmen, um es herauszufinden. Und um sie ihnen zurückzubringen!»

«Dafür müssen von Ihnen aber möglichst genau

wissen, was sie heute unternommen haben», ergänzte Rolfhardt eindringlich. «Jede Kleinigkeit kann dabei wichtig sein!»

Die Lancasters überlegten angestrengt. «Ich werd' verrückt!», fluchte John Lancaster nach einigen Momenten. «Wir sind doch eben erst unterwegs gewesen! Wieso fällt es mir dann so schwer, mich daran zu erinnern, was wir mit den Kindern unternommen haben?»

«Waren wir nicht im Wald?», fiel es Moira Lancaster dann plötzlich wieder ein. «Ja, genau! Ich entsinne mich! Wir wollten einen Ausflug in den Wald machen. Da gab es irgendetwas zum Besichtigen ...»

«Jetzt fällt es mir auch wieder ein!», rief ihr Mann mit sich überschlagender Stimme aus. «Wir sind in den Forrest of Denham gegangen. Dort gab es laut Reiseführer einen *Hexenkreis* zu besichtigen. Unsere Kinder hatten davon gelesen und gebettelt, dass wir uns den Hexenkreis zusammen anschauen!»

«Wir sind auch in dem Wald gewesen ...», fuhr Moira Lancaster fort, verzweifelt darum bemüht, sich die Ereignisse wieder ins Gedächtnis zu rufen. «Aber dann ... was ist dann geschehen? Ich kann mich nicht erinnern! Erst, als wir hier in diesem Zimmer saßen ... wie kann das bloß sein? Wo sind die Kinder ab geblieben? Was passiert hier denn bloß?» Pure Verzweiflung sprach aus ihren Worten.

Doch bevor Mr. und Mrs. Lancaster erneut in lautstarke Panik ausbrachen, gab ihnen Rolfhardt wieder die Anweisung, ruhig zu bleiben. Alles andere hätte sich störend auf die weiteren Aktionen der Geisterjäger ausgewirkt. In ihrem Zustand, so in Sorge um die Kinder, wären sie keine Hilfe für die Ermittlungen gewesen. Eher im Gegenteil. Außerdem war es offensichtlich unmöglich, den Eheleuten noch mehr Informationen zu entlocken, trotz des Einflusses von Rolfhardts Vampirblut. Hier wirkten ohne Zweifel starke,

111

schwarzmagische Kräfte, die einen Teil ihrer Erinnerung nicht nur unterdrückten, sondern komplett löschten.

Nachdem Rolfhardt die Eheleute mittels Hypnose ruhiggestellt hatte, beratschlagte das Trio ihr weiteres Vorgehen.

«Ich schätze, wir sollten uns den Forrest of Denham mit diesem ominösen Hexenkreis etwas näher ansehen!», regte Michael an. «Fragt sich bloß, wo der ist! In der Karte ist er jedenfalls nicht eingezeichnet!»

Er hatte, während sein Ehemann mit dem Paar beschäftigt war, bereits sein Smartphone gezückte und auf Maps den Hexenkreis gesucht. Den Forrest of Denham fand er zwar, doch leider ohne Hinweis auf den erwähnten Ort.

«Vielleicht können wir an der Rezeption danach fragen», schlug Crystal vor. «Das dürfte unverfänglich sein. Offiziell sind wir ja Touristen und könnten ja von dem Hexenkreis gehört haben.»

«Na ja, ein Versuch schadet ja nicht»!, meine Rolfhardt. «Die Frage ist, wer mit in den Wald soll, und was die anderen so lange machen.»

«Habe ich mir auch schon überlegt», sagte Crystal. «Wir nehmen Rissi und Malcolm mit in den Denham Forrest. Die anderen sollten solange besser in die Kirche zurückgehen.»

«In die Kirche? Warum das denn?» Michael wirkte überrascht.

«Vergiss nicht, dass wir Mr. Harding hier ohne Erinnerung an seine Frau vorfanden», erinnerte ihn Crystal ernst. «Und wo man den Lancasters die Hirnwäsche verpasste, ist uns nicht bekannt. Schiebe auch das auf mein Bauchgefühl – aber wir wissen, dass die Kirche ein sicherer Ort ist. Mir ist beträchtlich wohler, wenn ich deine Familie und Anna in der Obhut von Jonathon und Patrick dort in Sicherheit weiß. Am besten, sie nehmen die Lancasters und Mr. Harding mit. Man hat ihnen schon übel genug mitgespielt!

Michael machte ein betrübtes Gesicht und nickte zustimmend. «Da gebe ich dir völlig recht, Crystal. Da hätte ich auch selbst drauf kommen können.»

Rolfhardt pflichtete Crystal ebenfalls bei. «Gut. Dann schnappen wir uns die ‚Zivilisten', informieren die anderen und brechen so schnell wie möglich auf, damit Bewegung in die Sache kommt!»!

«Das lass uns Männer machen», meinte Michael. «Crystal, kümmere du dich am besten um die Lancasters. Deine Gegenwart wirkt irgendwie beruhigend auf die beiden.»

«Kein Problem, mache ich», stimmte Crystal sofort zu. «Wir treffen uns dann gleich unten im Foyer wieder.»

Die beiden Männer verließen Crystals Zimmer, um die anderen zu holen. Crystal kümmerte sich derweilen um die Lancasters. Durch Rolfhardts Beeinflussung befanden die sich immer noch in einer Art leichten Dämmerzustandes. Sie bekamen zwar alles um sich herum mit, das allerdings wie durch ein Filter. Dieser Filter dämmte sozusagen auch die Emotionen, was bei ihnen zu einer neutralen Gelassenheit führte. Es widersprach eigentlich Crystals Einstellung, was die Beeinflussung ihrer Mitmenschen betraf. Doch in diesem Fall ging es einfach nicht anders. Die Sorgen um ihre Kinder hätte die Lancasters verrückt vor Angst gemacht, und unkalkulierbare Handlungen provoziert. So aber konnte die Leiterin der Geisterjäger die beiden leicht dirigieren.

Gemeinsam verließen sie dann kurz darauf Crystals Zimmer, wo sie sogleich auf ihre Truppe, Michaels Familie und Mr. Harding trafen. Zusammen begaben sie sich ins Foyer hinunter.

Noch auf der Treppe begann Michael plötzlich mit angewidertem Gesicht zu schnuppern. „Sagt mal, riecht ihr das auch?", fragte er in die Runde. „Ich meine, dieser üble Geruch? War der vorhin schon da?"

Nun fingen auch die anderen mit der Schnupperei an. „Ja, jetzt wo du es sagst ...", meinte Crystal. „Es riecht irgendwie nach Fäulnis. Aber nicht nur. Da sind noch andere Komponenten dabei. An was erinnert mich das bloß?"

„Egal, was es ist, so sollte es in einem Hotel definitiv nicht riechen!", stellte Pater O'Flaherty fest. „Es ist zwar nicht besonders intensiv, aber trotzdem unangenehm. Man sollte das Personal darauf aufmerksam machen!"

„Vielleicht haben die ja ein Problem mit der Kanalisation", mutmaßte Malcolm. „Jedenfalls sind es keine Schwefelquellen, wie in Rotorua. Auf der neuseeländischen Nordinsel. Das war echt schlimm dort. Ist zwar eine schöne Gegend gewesen, aber dieser Gestank nach faulen Eiern ... wenigstens ist es hier noch nicht so schlimm!"

«Es scheint aber nach unten zu ein wenig intensiver zu werden!», widersprach Michael. «Hoffentlich bekommen die den Gestank wieder aus dem Haus, bis wir in unsere Zimmer zurückkehren!», sagte Elisabeth Fux Nase rümpfend. «Das riecht wirklich unappetitlich!»

Kurz darauf hatte sich die Gruppe im Foyer versammelt, wo sie der Rezeptionist von seinem Platz aus mit einem undefinierbaren Blick musterte.

„OK, hört mal alle her ...", rief Crystal, um die Aufmerksamkeit der anderen zu erlangen. „Am besten, ihr wartet vor dem Eingang. Hier im Foyer ist es sonst ein bisschen überfüllt. Ich muss den Rezeptionist nur kurz etwas fragen, dann komme ich gleich zu euch raus!"

Der Trupp setzte sich daraufhin in Bewegung, und während sich das Foyer des ‚White Ghost Inn' leerte, wandte sich Crystal dem Mann hinter der Rezeption zu. Sie registrierte, dass es eine andere Person war, als am Vortag. Und die Britin konnte nicht behaupten, dass sie dessen Erscheinung in irgendeiner Weise sympathisch fand. Er war eine hagere Erscheinung mit Hängebacken, Triefaugen und ungepflegt fettig glänzenden, pechschwarzen Haar. Die Gesichtsmitte zierte eine große Hakennase, über der zwei dunkle, fiebrig funkelnden Augen Crystal unfreundlich aus einem fahlgelben Gesicht entgegen starrten.

Eine faltige, graue Stoffhose und ein zerknittertes Hemd gleicher Farbe vervollständigten den unangenehmen Eindruck. Crystal dachte bei sich, dass sie hier wohl kaum ein Zimmer genommen hätte, wäre sie spontan von der Straße hereingekommen.

Sie trat an die Rezeption heran und wunderte sich, dass der schmierige Typ in gleichem Maß an die Wand hinter im zurückwich. Ob das an diesem ekelhaften Geruch lag? Der schien hier an der Rezeption noch stärker zu sein. Wenn dieser Mann das dort den ganzen Tag ertragen musste, konnte er einem ja fast leidtun.

Als die Geisterjägerin die unangenehme Erscheinung freundlich grüßte, nötigte sich der Hotelangestellte ein Grinsen ab, welches einem allerdings eher Angst einjagen konnte, statt freundlich zu wirken.

„Kann ich Ihnen helfen?", erklang seine ölig wirkende Stimme, die fast so unangenehm wie die die gesamte, äußere Wirkung des Mannes war. Mit dieser Frage erreichte Crystal auch ein Schwall des penetranten, faulig-süßlichen Geruchs, woraufhin sie sich ernsthaft die Frage stellte, ob ihr Gegenüber Quelle desselben sein konnte. Was den Mann nur noch widerlicher erscheinen ließ.

„Vielleicht können sie das …", antwortete Crystal dem Mann bemüht freundlich. „Wir haben gehört, dass es hier in der Nähe, im Forrest of Denham, so etwas wie einen Hexenkreis geben soll. Das klingt interessant. Wir würden uns das gerne anschauen. Können Sie mir eventuell beschreiben, wie man dorthin kommt?"

„Hexenkreis…?" Die Augen des unangenehmen Mannes weiteten sich für einen kurzen Moment überrascht, was Crystal, als aufmerksame Beobachterin, wohl registrierte. „Nein, nein ...", kam es dann als zögerlich gegebene Antwort. „Ich glaube, das ist mir kein Begriff!" Und als er Crystals skeptisches Gesicht bemerkte, fügte er schnell hinzu: „Ich bin aber auch noch nicht so lange hier!"

„So ...", entgegnete die rothaarige Britin mit leicht zusammengekniffenen Augen einsilbig. Sie überlegte einen kurzen Augenblick und sagte mit etwas frostigem Unterton: „Nun, da kann man wohl nichts machen. Trotzdem Danke für ihre Zeit!"

Sie wandte sich ab und eilte zu den anderen nach draußen. Deshalb sah sie auch nicht mehr, wie sich der Mann hinter der Rezeption auf geradezu erschreckende Weise veränderte. Seine Hautfarbe wurde noch gelblicher, die Augen zu schwarzen Kohlen, in unheimlichen, dunklen Glanz. Die Gestalt schien immer weicher und schwabbeliger zu werden, so das es wirkte, als wollten sich Teile davon verflüssigen. Die Zähne des sich öffnenden Mundes wurden zu spitzen Reißern. Ein gotteslästerlicher Fluch löste sich von schwarz verfärbten Lippen, bevor die unheimliche Gestalt machte, dass sie aus der Rezeption verschwand.

Davon bekam Crystal nichts mehr mit. Sie fühlte sich im Gegenteil erleichtert, dem Raum mit dem ihn erfüllenden, unangenehmen Geruch darin entflohen zu sein. Hätte sie einen Moment intensiv überlegt, wäre ihr sicherlich in den Sinn gekommen, ähnliches schon einmal gerochen zu haben, zusammen mit Michael, ganz zu Beginn ihrer Bekanntschaft. So aber verließ sie das Hotel, ohne sich noch einmal umzuschauen.

„Und?", erkundigte sich Michael, als sie die wartende Truppe auf dem Parkplatz erreichte.

„Nichts ‚und' ...", antwortete Crystal frustriert. „Dabei bin ich mir sicher, dass mich dieser unangenehme Typ angelogen hat. Seiner Reaktion nach wusste er ganz genau, wonach wir suchen!"

„Was für einen Grund er wohl dafür haben könnte?", wunderte sich Harisson Steerling. „Ich meine, zu lügen. Ob er mit diesen mysteriösen Vorgängen etwas zu tun hat?"

„Verdächtig ist es auf jeden Fall!", bekräftigte Crystal die Mutmaßung ihres Kollegen. „Wir sollten ihm später noch einmal gründlicher auf den Zahn fühlen. Aber erst müssen mir mal diese Hexenringe finden! Wenn wir wenigstens einen Anhaltspunkt hätten! Zu dumm, dass den Lancasters nicht mehr Informationen zu entlocken sind!"

„Sind wir nicht auf dem Weg zur Kirche an eine dieser Informationstafeln vorbei gekommen?", meldete sich Anna Mulgraw zu Wort. „Ihr wisst schon – so eine Touristeninformation, mit einer Landkarte vom Ort und seiner Umgebung."

„Stimmt!", bestätigte Crystal. „Jetzt, wo du es sagst! Vielleicht finden wir ja dort, was wir suchen!"

„Dann sollten wir nicht länger hier herumstehen, sondern sofort aufbrechen!", merkte Rolfhardt an. „Für Mr. Harding und die Lancasters wird es außerdem nur gut sein, wenn sie schnell in den geschützten Raum der Kirche kommen."

Die ganze Truppe setzte sich in Bewegung, wobei sie Mr. Harding und das Ehepaar in ihre Mitte nahmen und sanft durch den Ort dirigierten. Etwa auf halber Strecke auf dem Weg zur Kirche erreichten sie den von Anna erwähnten Informationspunkt mit den Hinweisen zu Unterkünften, Restaurants, Sehenswürdigkeiten und der Landkarte des Ortes.

«O.K. ich glaube, hiermit können wir etwas anfangen!», stellte Crystal nach einem ersten Blick auf die Landkarte befriedigt fest. «Gut. Dann geht es weiter, wie besprochen. Patrick, Jonathon – ihr begleitet unsere Gäste, Michaels Familie und Anna in die Kirche. Malcolm und Rissi kommen

117

mit uns in den Wald zu diesem Hexenkreis. Wir halten Kontakt mit unseren Smartphones!»

«Bleibt unbedingt in der Kirche!», schärfte Rolfhardt der zweiten Gruppe nochmals eindringlich ein. «Das ist ein sicherer Raum! Verlasst sie nur nach Rücksprache mit uns vom Team eins, alles klar?»

Die beiden Geistlichen bestätigten, dann scharrten sie ihre Gruppe um sich, nickten den anderen noch einmal zu, um danach weiter die Kirche anzusteuern.

Rolfhardt sah ihnen einige Momente lang hinterher. Anschließend wendete er sich wieder Crystal zu, welche zusammen mit Michael und Rissi die Ortskarte studierte. «Schon was gefunden?»

«Ja, hier ...» Michael tippte mit dem rechten Zeigefinger auf einen Punkt westlich von Upper Hamersham. «Hier ist der Wanderparkplatz vom Forrest of Denham. Von dort aus führen drei verschiedene Weg in den Wald hinein. Der linke von denen wird als ‚der Mystische' bezeichnet. Folgt man ihm, kommt man zuerst zur alten Eiche des Zauberers Merlin, zum verwunschenen Hain, den Koboldsteinen und ...»

«Zum Hexenkreis!», vervollständigte Crystal den Satz des jungen Mannes. «Voilà, da haben wir ja, was wir suchen! Ich werde gleich mal ein paar Fotos mit meiner Handy-Kamera machen.»

Schnell holte sie aus ihrer Jackentasche das besagte Gerät hervor und fertigte einige Bilder. Die schickte sie dann sogleich an alle Mitglieder ihrer Team-Messenger-Gruppe, damit jeder gleichermaßen Zugriff auf die Karte hatte.

«Das wäre erledigt!», rief sie dann aus, während sie das Telefon zurück in ihre Tasche steckte. «Endlich geht es voran! Nichts wie zu den Autos. Wir fahren zu dem Wanderparkplatz und schauen uns den mystischen Weg samt Hexenkreis etwas näher an. Hoffentlich finden wir dort ein paar Antworten!»

Ihr kleiner Fünfertrupp spurtete die kurze Strecke zum Hotel zurück und stieg in den Bentley Mulsanne auf dem Parkplatz. Die Autoschlüssel hatten sie natürlich in weiser Voraussicht beim Aufbruch im Hotel bereits eingesteckt. Rolfhardt übernahm das Steuer. Crystal lotste ihn mit ihrem Mobiltelefon vom Beifahrersitz. Michael, Rissi und Malcolm hatten im Fond Platz genommen.

Sie verließen den Ort über die gleiche Straße, an der auch das heruntergekommene, herrschaftliche Anwesen lag. Man konnte dies fast als böses Omen betrachten. Bis zum Wanderparkplatz mussten sie nur eine kurze Strecke zurücklegen. Sie erreichten ihn nach einer knapp fünfzehnminütigen Fahrt. Als Michael von der Landstraße abbog, um den Parkplatz anzusteuern, stellten sie fest, dass dieser menschenleer vor ihnen lag, allerdings waren im leicht sandigen Untergrund Reifenspuren zu erkennen. Die stammten wohl vom Auto der Lancasters. Denn außer diesen Spuren deutete nichts darauf hin, dass zuvor noch andere Fahrzeuge hier gewesen wären.

Michael parkte den Bentley. Anschließend entnahmen sie aus dessen Kofferraum zwei Taser, eine Handfeuerwaffe mit Silberkugeln und zwei Wasserpistolen mit Weihwasser. Zudem trug jeder außer Rolfhardt noch Schutzamulette um den Hals. Rolfhardt, als übernatürliches Wesen, benötigte solche Amulette normalerweise nicht.

«Da drüben ist der mystische Pfad!», rief Rissi, nachdem er sich umgesehen hatte. «Passenderweise mit einem Hexenhut und einem funkensprühenden Zauberstab gekennzeichnet. Da haben die wohl bei Harry Potter abgekupfert!»

«Irgendwie muss sich der Ort ja etwas Originelles einfallen lassen, wenn man Touristen anlocken möchte», meine Crystal pragmatisch. «Kleine Gemeinden wie Upper Hamersham, die außer schöner Landschaft und ein paar alten

Häusern nicht viel zu bieten haben, tun sich da immer etwas schwer.»

«Ich fürchte nur, sie haben die falsche Art von ‚Touristen' angelockt!» Michael klang verdrießlich, während sie den Beginn des Wanderweges betraten. «Ah – schaut mal – hier auf dieser Holztafel sind die einzelnen Stationen des mystischen Pfades beschrieben. Demnach ist dieser Hexenkreis ein Gebilde aus seltsam gewachsenen Bäumen. Er liegt auf Höhe von etwa zwei Dritteln der Gesamtstrecke. Also Beine in die Hand nehmen und laufen!»

«Aber dabei nicht die Umgebung vergessen!», mahnte Crystal. «Zwar haben wir es eilig, aber wir müssen trotzdem bei jedem Schritt alles um uns herum genau anschauen! Mit großer Wahrscheinlichkeit sind den Lancasters hier in diesem Wald ihre Kinder abhandengekommen. Deshalb dürfen wir keinen noch so kleinen Hinweis übersehen!»

Nachdem die ESP-Investigations-Chefin ihren Kollegen dies eingeschärft hatte, liefen sie los und drangen in den Wald vor. Rasch gelangten sie zur ersten Wegmarke, laut Plan ‚Merlins Eiche'. Die entpuppte sich als mächtiger, knorriger Baum von hohem Alter, mit einer weit, weit ausladenden Krone. Obschon ein imposantes Gewächs, hatte es mit Merlin wahrscheinlich weniger zu tun, als ein Schneemann mit einer Sauna. Der Name Merlin verkaufte sich in Großbritannien aber immer gut. So musste wohl auch diese Bezeichnung gesehen werden.

Als Nächstes passierte man den verwunschenen Hain. Eine kleine Lichtung, die man mit bunten Bändern, Traumfängern und Holzskulpturen versehen hatte. Diese stellten allerlei Fantasiegeschöpfe da, wie Elfen, Wichtel und Satyre. Wobei letztere Crystal, Michael und Rolfhardt in eher schlechter Erinnerung hatten. Kämpften sie doch auf dem Kreuzfahrtschiff MS SERPENTIA gegen eine ganze Horde von Schattennymphen und Satyre. Dagegen erschien dieser verwunschene Hain wie ein hübscher, freundlich-friedvoller Ort. Doch die fünf Geisterjäger hatten kaum einen Blick dafür übrig, denn sie strebten ja einem anderen Ziel zu.

Bald darauf passierten sie die ‚Koboldsteine‘, eine Ansammlung von Steinbrocken, in denen man mit etwas Fantasie tatsächlich koboldartige Figuren erkennen konnte. Diese ziemlich leblosen Fabelwesen steckten jedoch sicherlich nicht hinter dem Verschwinden der beiden Lancaster-Kinder.

Die Anspannung wuchs, denn die nächste Wegmarke auf der Karte war dieser ominöse Hexenkreis. Der Weg zog sich ein ganzes Stück weit durch die Bäume des hier dichter werdenden Forrest of Denham hindurch. Endlich öffnete er sich zu einer weitläufigen Lichtung. An deren Rand blieb der Geisterjäger-Trupp wie angewurzelt stehen. Überrascht starrten sie auf das Bild, dass sich ihren Augen bot. Und aus dem Mund von Malcolm McDearmitt löste sich ein ehrfurchtsvolles ‚WOW!‘

Auch alle anderen betrachteten die Lichtung vor ihnen voller Staunen. So einen Anblick bekam man ja auch nicht alle Tage vor die Augen! Auf der Lichtung fand sich ein Kreis aus zwölf Buchen, der einen Durchmesser von etwa zwanzig Meter besaß. So weit, so normal.

Nicht normal war, dass diese Buchen einen exakten Kreis bildeten. Die Stämme wuchsen etwa einen Meter aus dem Boden in natürlichem, senkrechten Wuchs. Doch dann knickten alle Stämme nahezu exakt um 90 Grad nach außen, also vom Mittelpunkt des Kreises weg. Danach wuchsen die Stämme um die zwei Meter waagerecht weiter, parallel zum Waldboden, bevor sie erneut um 90 Grad abwinkelten, um wieder senkrecht in die Höhe zu streben, wo sie relativ normale Kronen ausbildeten. Im Inneren des Baumkreises, und außen um die zwölf Buchen herum wuchs nichts außer maximal kniehohes Gras. Auch das ein unnatürlich anmutender Umstand.

Langsam und staunend begab sich der Trupp der Geisterjäger auf die Lichtung hinaus.

«Mann, so etwas habe ich ja noch nie gesehen!», sagte Michael schwer beeindruckt, angesichts dieses Naturwunders. «Kein Wunder, dass man dies hier als ‚Hexenkreis' bezeichnet!»

Und Rissi meinte: «Normal ist das nicht. Ich habe vor meiner Arbeit als Wachmann einige Zeit im Landschaftsbau gearbeitet. So wächst höchstens mal ein Baum, wenn irgendetwas seinen natürlich Wuchs stört. Aber zwölf Bäume? In exakt gleichem Abstand, mit exakt gleich verlaufenden Wuchs? Absolut widernatürlich! Da muss jemand nachgeholfen haben! Anders kann ich mir das nicht erklären!»

«Aber auf der Tafel am Anfang des Weges stand, dass dieser Baumkreis nicht künstlich angelegt wurde!», merkte Michael an. «Andererseits – erzählen kann man viel ...»

«Also vielleicht doch Hexen?» Crystal schien skeptisch zu sein. Auf der anderen Seite ... in der Zeit ihrer Zusammenarbeit hatten sie schon einige seltsame oder sogar bizarre Dinge erlebt. Daher wussten alle nur zu gut, dass es mehr zwischen Himmel und Erde gab, als der normale Verstand zu erklären vermochte.

«Egal!», sagte Rolfhardt. «Ob Hexen, oder nicht – hier sind die Lancaster-Kinder verschwunden. Schwärmen wir aus und suchen nach Hinweisen. Irgendetwas müssen wir finden. Ohne Anhaltspunkte wird es nämlich schwer, die verschollenen Kinder ausfindig zu machen!»

«Warum fragen wir nicht einfach zuerst diese Frau dort hinten?» Malcolms simple Frage sorgte dafür, dass die Köpfe seiner Kollegen wie auf Kommando erst in seiner Richtung schwenkten, und dann simultan in die Richtung, in welche er mit ausgestrecktem rechten Arm deutete.

Da stand tatsächlich jemand. Ziemlich genau ihrem Standpunkt gegenüber, auf der anderen Seite des

Hexenkreises. Genaues lies sich auf die Entfernung nicht erkennen. Doch es schien sich um eine ältere Frau zu handeln, die dort im Schatten der Bäume stand und wie abwartend in Richtung der Geisterjäger schaute.

«Oh!», machte Crystal überrascht. «Nachdem alles in und um Upper Hamersham so ausgestorben ist, habe ich nicht damit gerechnet, überhaupt jemanden anzutreffen. Wir sollten tatsächlich das Gespräch mit der Unbekannten suchen. Halt ...!» Der letzte Ausruf galt ihren Kollegen, die sogleich losstürmen wollten, und die nun stehenblieben, und ihre Chefin fragend anschauten.

«Leute – wenn ihr gleich wie eine wilde Horde auf die Dame zurennt, wird sie vor Schreck die Flucht ergreifen, noch bevor wir auch nur ‚Hallo‘ sagen können!», erklärte sie Kopf schüttelnd. «Euer Feuereifer in Ehren. Doch wir sind Fremde für sie. Und hier sind Kinder abhandengekommen – und wer weiß, was noch passierte. Wenn sie davon etwas mitbekam, müsste sie Fremden gegenüber zutiefst misstrauisch sein. Also lasst uns behutsamer vorgehen. Einverstanden?»

Natürlich sahen die vier Männer sofort ein, dass sie hier ein wenig Zurückhaltung walten lassen mussten. Also ließen sie Crystal den Vortritt. Die begab sich zwischen zwei der seltsam gewachsenen Bäume hindurch bis an den inneren Rand des von ihnen gebildeten Hexenkreises heran. Dort blieb sie zunächst stehen. Dann winkte sie der unbekannten Frau mit ihrem rechten Arm freundlich zu.

«Hallo ...», rief sie laut. «Wir wollten sie nicht erschrecken. Wir sind auf der Suche nach jemanden hier in diesem Wald. Können wir uns deswegen kurz mit ihnen unterhalten? Das wäre sehr nett von ihnen!»

Die Gestalt auf der gegenüberliegenden Seite schien einen Moment lang zu überlegen. Dann winkte sie zurück. «Einverstanden ...», hörten die Geisterjäger. «Wenn sie bitte zu mir herüberkommen möchten, können wir gerne reden!»

«Einverstanden!», stimmte Crystal zu. «Wir kommen zu ihnen!»

Und zu ihrer Crew sagte sie: «OK, dann los. Normale Schrittgeschwindigkeit, nicht losstürmen. Und immer schön lächeln!»

Sie setzte sich in Bewegung, und die vier Männer folgten ihr auf dem Fuße. So schlenderten sie in gemächlichem Tempo zwischen den Bäumen hindurch und dann quer über den von diesen gebildeten Hexenkreis auf die Frau zu, die ihnen von ihrem Standort aus aufmerksam entgegen schaute.

Nun konnten die fünf die Unbekannte auch genauer erkennen. Sie mochte schätzungsweise um die sechzig Jahre alt sein und war von stämmiger Statur, mit einer Körpergröße von um die 1,60 Meter. Ihre Bekleidung bestand aus schon etwas mitgenommen wirkenden, halbhohen Stiefeletten, aus denen mit beigefarbenen Strümpfen bekleidete Beine herausragten, bevor diese unter einem schweren, dunkelgrün-grau-gemusterten Tweedrock verschwanden. Dazu trug die Dame eine passende Tweedjacke über einer nicht mehr ganz so weißen Bluse. Auf ihren grau-schwarzgelockten Haaren saß eine schwarze Baskenmütze.

Das mütterlich-runde Gesicht zeigte viele Runzeln und Falten, wie sie bei Personen auftraten, die in ihrem Leben viel im Freien gearbeitet hatten. Dazu passten auch die wettergegerbten Hände. Unwillkürlich musste Michael an die Miss Marple-Darstellerin Margaret Rutherford denken, aus den vier schwarz-weiß-Filmen. Die Ähnlichkeit war so verblüffend, dass er unbewusst grinste, während er die Frau näher betrachtete. Die Unbekannte wirkte nicht unsympathisch. Zunächst hatte ihr Gesichtsausdruck noch angespannt gewirkt, doch mit jedem Meter, den die Geisterjäger über die Lichtung des Hexenkreises zu ihr zurücklegten, entspannte sich ihre Miene. Es erschien offensichtlich, dass die Dame wohl zunächst unsicher gewesen war, wie sie den Trupp ihr fremder Personen einschätzen sollte. Ihrem jetzigen Gesichtsausdruck nach schienen sie zumindest einen ersten Test bestanden zu haben.

«Vielen Dank, dass Sie bereit sind, mit uns zu reden», begrüßte Crystal die Dame und reichte ihr die rechte Hand. «Mein Name ist Crystal Blair. Das hier sind meine Kollegen Rolfhardt von Schressen-Fux, Michael Fux, Malcolm McDearmitt und Harrison Steerling. Wir sind private Ermittler und kommen aus London. Mit wem haben wir die Ehre?»

«Mabel Which», lautete die mit einer tiefen, rauen Alt-Stimme gegebene Antwort der Frau, als diese Crystals Hand ergriff und kurz schüttelte. Den Männern nickte sie nur kurz zu. «Aber im Ort nennen mich alle nur die Waldhexe.»

«Ach, tatsächlich?», staunte Michael laut.

Mrs. Which lachte mit blitzenden Augen. «In der Tat. Eine alte Frau, die sich in den Wäldern herumtreibt, Kräuter, Beeren und Wurzeln sammelt, und sich ein wenig mit Naturheilkunde auskennt, ist für die ungebildeten Städte auch heutzutage noch so etwas wie eine Hexe. Nun, wer weiß. Vielleicht ist da auch ein bisschen was dran ...»

«Mir persönlich gefiele die Bezeichnung ‚weise Frau' etwas besser», sagte Crystal freundlich. «Weise Frauen wissen viel und sehen viel. Und können womöglich helfen. Vielleicht können Sie ja uns helfen!»

«Mag schon sein», entgegnete Mrs. Which. «Sie wollen mich nach den verschwundenen Kindern fragen, nicht wahr?»

Die ältere Dame kam so unvermittelt auf den Kern der Sache, dass den Geisterjägern vor lauter Sprachlosigkeit der Mund offenstand.

«Woher wissen ...», begann Crystal, brach dann aber ab. «Also doch eine weise Frau! Ich würde nur gern erfahren, wie sie ahnen konnten, weswegen wir hier sind!»

«Ich verfüge über ein Gespür für außergewöhnliches»,

antwortete die Dame ernst. «Bei Ihnen spüre ich, dass sie ein Kind zweier Welten sind, meine Gute. Geboren aus Dunkel und Licht! Und Sie, junger Mann ...», diese Worte richtete sie an Rolfhardt, «... Sie haben die Aura eines langen Lebens. Ins Dunkel gestoßen, aber zum Licht emporgestiegen.»

Rolfhardt tauschte einen überraschten Blick mit Crystal aus. Mrs. Which hatte auf Anhieb die beiden Personen benannt, die ja wirklich über außergewöhnliche Fähigkeiten verfügten. Doch die Waldhexe, wie sie die Bewohner des Ortes nach ihren eigenen Worten nannten, war noch nicht fertig mit ihren Ausführungen. Sie vollführte eine umfassende Geste mit ihrem rechten Arm.

«Sie alle stehen im Zeichen des Lichtes!», rief sie dazu aus. «Anders als die Männer, die vor ihnen hier im Wald unterwegs waren!»

«Aber ... wie können Sie das so genau wissen?», erkundigte sich Rissi verblüfft. «Wenn wir nun auch zu diesen anderen gehörten?»

Mrs. Which vollführte eine Kopfbewegung in Richtung des Hexenkreises. «Deswegen ...», erklärte sie. Und auf die fragenden Blicke der Geisterjäger gab sie geduldig eine Erklärung ab: «Normale Hexenkreise - wenn man in dem Zusammenhang überhaupt von ‚normal‘ sprechen kann – werden zumeist aus einem Ring von Giftpilzen gebildet. Diese Art ist weit verbreitet. Und ja, sie haben oft tatsächliche mit dunkler Magie zu tun, auch wenn die meisten Menschen das in das Reich des Aberglaubens verweisen.

Doch Hexenkreise wie dieser hier, genau aus zwölf Bäumen gebildet, für jeden Monat des Jahres einer, sind Gebilde der weißen Magie. Ihr hättet den Kreis nicht so ohne weiteres durchqueren können, wärt ihr nicht dem Licht zugetan. Die drei Männer von heute Morgen waren sorgfältig darauf bedacht, keinen Schritt ins Kreisinnere zu tun!»

«Diese Männer ...», hakte Crystal an dieser Stelle ein.

«Was genau haben die hier im Wald getan? Heute Morgen kehrte ein Ehepaar in unser Hotel zurück. Sie hatten ihre Kinder völlig vergessen, als hätten diese nie existiert! Wir müssen unbedingt herausfinden, was geschehen ist, um die beiden Kinder so schnell wie möglich wiederzufinden!»

Die Dame überlegte kurz und nickte dann zustimmend. «Gut. Reden wir. Aber lassen sie uns zuerst ein paar Schritte gehen. Zwanzig Meter von hier gibt es einen alten Brunnen. Dort stand früher mal ein Haus, dass es schon lange nicht mehr gibt. Man erzählt sich, dass da vor Ewigkeiten eine Hexe hauste.» Sie lächelte verschmitzt. «Passt ja dann zu mir. Da gibt es eine Steinbank, auf die ich mich setzen und ein wenig ausruhen kann. Ich bin schon seit Stunden auf den Beinen. Außerdem bin ich ja auch nicht mehr die Jüngste. Wenn sie alle mir bitte folgen wollen?»

Sie drehte sich um und verschwand zwischen den Bäumen am Rand der Lichtung mit dem Hexenkreis. Die Geisterjäger folgten ihr dichtauf. Wie beschrieben, erreichten sie so nach knapp zwanzig Metern weiter eine wesentlich kleinere Lichtung. Dort fand sich besagter, halbverfallener, steinern eingefasster Brunnen mit einer kleinen Steinbank daneben. Die diente wohl in früheren Zeiten dem Abstellen der mit Wasser gefüllten Eimer. Vom hölzernen Aufsatz mit der Drehwelle für das Seil zum herablassen und hochholen des Wassers fanden sich jedoch nur noch ein paar kümmerliche Holzreste. Wenn man sich auf der kleinen Lichtung umsah, entdeckte man da und dort im Unterholz einige Überbleibsel eines kleinen Holzhäuschens, überwiegend von einem steinernen Fundament. Den Rest hatte sich bereits wieder die Natur zurückgeholt und einverleibt.

Mrs. Which setzte sich auf das kleine Steinbänkchen an der alten Brunneneinfassung und seufzte erleichtert auf. «Ahhh ... das tut gut!», rief sie und streckte beide Beine aus. «Nicht, dass ich alt und klapprig wäre ...», meinte sie dann augenzwinkernd zu ihren Begleitern. «Aber ich bin in letzter Zeit fast ununterbrochen hier draußen im Wald. Beim Hexenkreis hier. Da fühle ich mich sicherer als im Ort!» Den letzten Worten fügte sich noch einen bezeichnenden Blick hinzu.

«Sicherer?», fragte Crystal sogleich nach. «Vor was? Oder – vor wem?»

«Lassen sie mich kurz ein wenig ausholen», antwortete Mrs. Which. «Dann verstehen sie es besser.»

„Es begann vor knapp zwei Monaten ...", fing Mrs. Which sodann zu berichten an. „Zu diesem Zeitpunkt zogen neue Besitzer in den bis dahin lange Zeit leerstehenden Landsitz am Ortsrand, Carrington Manor. Zuerst freuten sich die Einwohner von Upper Hamersham darüber. Endlich würde wieder Leben in das verwaiste Haus einkehren. Doch die neuen Bewohner ließen sich kaum blicken. Stattdessen geschah etwas anderes: Langsam, aber stetig legte sich eine dumpfe Dunkelheit über den Ort ..."

„Dumpfe Dunkelheit?" Malcolm schaute verwirrt drein. „Wie genau ist das zu verstehen?"

Mrs. Which zuckte ein wenig ratlos mit ihren Schultern. „Es ist schwer zu beschreiben, wenn man es nicht selbst erlebt hat. Etwas legte sich um den Verstand der Bewohner. Eine Art mentaler Druck. Man konnte einfach nicht mehr klar denken!"

„So etwas Ähnliches haben wir gespürt, als wir bei der Herfahrt die Stadtgrenze passierten", warf Crystal ein. „Ist es das, was sie meinen, Mrs. Which?"

„Ja genau!", bestätigte die ältere Dame. „Die Leute zogen sich mehr und mehr zurück. Wenn sie im Ort unterwegs waren, mussten sie ja bemerken, wie ausgestorben die Straßen überall sind. Etliche Einwohner haben mir berichtet, dass sie manchmal meinten, Stimmen zu hören, obwohl niemand anderes zugegen gewesen ist. Und diese Stimmen gaben ihnen Anweisungen."

„Anweisungen? Wissen sie, welcher Art diese waren?", hakte Rolfhardt aufhorchend nach.

„Nicht genau. Die Menschen im Ort fühlen sich sehr verängstigt. Ja sogar bedroht, ohne zu wissen, von was oder von wem. Die Stimmen befahlen ihnen Dinge zu tun. Zum Beispiel, die Kirche zu meiden. Oder bestimmte Orte aufzusuchen. Zuerst habe ich das nicht ganz so ernst genommen, wie ich es vielleicht hätte müssen. Denn bald darauf verschwanden die ersten Stadtbewohner!"

«Aber hätte das die Leute nicht aufmerksam machen müssen?» Michael reagierte bestürzt, schalt sich aber sogleich selbst einen Narren. «Ach nein, wie dumm von mir! Wir haben ja heute selbst mitbekommen, dass die Leute die fehlenden Personen einfach vergessen hatten.»

«Genau, junger Mann», bestätigte Mrs. Which. «Die fehlenden Menschen wurden in der Erinnerung ausradiert, als existierten sie nie. Und ich scheine im Ort die Einzige zu sein, der das überhaupt auffällt. Doch ich konnte mir den Mund fusselig reden – niemand hörte auf mich. Dann tauchten noch mehr Fremde auf, die einfach den Platz verschiedener Einwohner einnahmen, die vorher verschwunden waren. Üble Leute, diese neuen. Jedenfalls, so weit ich das beurteilen kann! Das Schlimme an der Sache: niemand schien sich daran zu stören. Im großen Gästehaus im Ort geschah das zuerst.»!

«Doch nicht etwa ... das White Ghost Inn?», fragte Crystal überrascht zurück. «Da logieren wir nämlich!»

«Die eigentlichen Besitzer sind spurlos verschwunden», erklärte die ältere Dame ernst. «Ich befürchte auch, dass dem einen oder anderen Gast das gleich passierte, die den Bewohnern von Upper Hamersham. Allerdings ist es schwer, dass mitzubekommen, wenn es sich um Fremde handelt. Bis auf heute.»

«Die Familie mit den beiden Kindern, richtig?» Crystal schaute Mrs. Which erwartungsvoll an.

«Richtig. Sie müssen wissen, dass ich mich in letzter Zeit hauptsächlich hier im Wald aufgehalten habe. Nicht weit von hier steht mein Zelt. Hier draußen fühle ich mich vor dieser dunklen Bedrohung einfach sicherer. Nur wenn ich neue Vorräte brauche, oder zum Austausch von meiner Wäsche, bin ich nachhause zurück. Der Hexenkreis hat mir die finsteren Typen vom Leib gehalten. Heute Morgen hörte ich dann die Familie durch den Wald spazieren. Kinder können ganz schön laut sein, wissen sie?»

«Sagt meine Schwester auch öfters», pflichtete Michael ihr bei. «Sie ist Erzieherin. Aber ich wollte sie nicht unterbrechen. Was geschah dann?»

«Ich hatte die Absicht, die Eltern vor den Vorgängen im Ort zu warnen. Doch bevor ich dazu kam, traten zwei Männer auf die Vier zu und verwickelten alle in ein Gespräch. Das konnte ich genau beobachten. Ich hielt mich im Hexenkreis hinter einem der Bäume versteckt.»

«Kannten sie die Männer?», erkundigte sich Rolfhardt.

«Nicht wirklich», antwortete Mrs. Which. «Ich habe sie mal in Upper Hamersham gesehen. Sie gehörten zu den Leuten aus Carrington Manor. Schon aus diesem Grund verließ ich den Hexenkreis nicht. Mein Bauchgefühl warnte mich davor.»

«Wie ging es dann weiter?», nahm Crystal den Faden wieder auf.

«Was genau geschah, das konnte ich leider auf die Entfernung nicht genau verfolgen. Aber die Männer redeten auf die Familie ein und vollführten dazu seltsame Bewegungen mit ihren Händen. Jedenfalls dauerte es nur wenige Augenblicke, dann standen die vier da, wie zu Salzsäulen erstarrt. Die finsteren Gestalten haben sich die Kinder regelrecht geschnappt und über die Schulter geworfen. Mit ihrer ‚Beute' zogen sie sich dann langsam in den Wald zurück, weswegen ich nicht gleich zu den beiden Eltern gehen konnte, um nachzufragen, ob sie Hilfe bräuchten. Ich musste ja sicher sein, dass diese finsteren Gestalten nicht sofort wieder aus dem Wald zurückkamen. Also behielt ich erst einmal den Mann und die Frau im Blick. Die verharrten noch zwei, vielleicht drei Minuten völlig erstarrt, bis sie sich plötzlich wieder bewegten.»

«Und haben sich so verhalten, dass sie nicht mehr an ihre Kinder dachten, richtig?», führte Rolfhardt den Bericht von Mrs. Which weiter.

«Genau!», bestätigte diese, wobei sie, noch immer fassungslos, den Kopf schüttelte. «Ich rief ihnen hinterher, wollte mit ihnen reden. Sie spazierten jedoch einfach davon und kümmerten sich gar nicht um ihren soeben erlittenen Verlust! Und ich hatte auf diese schreckliche Art den Beweis geliefert bekommen, dass die unheimlichen Typen aus Carrington Manor hinter den Verschwundenen steckten. Doch was sollte ich tun? Oder besser gesagt, was konnte ich schon groß tun? Gegenüber der Polizei hätte ich diese Dinge doch überhaupt nicht beweisen können. Bei meinem Ruf als ‚Kräuterhexe' im Ort hätte man das nur als olle Schrullen einer alten Schachtel abgetan.»

«Nicht nur das!», pflichtete ihr Crystal bei. «Hätten die Unheimlichen mitbekommen, dass es eine Zeugin für ihr Treiben gab, die nicht unter ihrem Einfluss stand, wären Sie ihres Lebens nicht mehr sicher gewesen!»

Mrs. Which nickte betrübt. «Ja, so habe ich auch gedacht. Deswegen hielt ich mich fast nur noch im Wald auf, wo ich einigermaßen sicher sein konnte. Und dabei gehofft, dass irgendjemand auftaucht, der dem Spuk ein Ende bereitet. Wie es scheint, ist mein Stoßgebet erhört worden, denn nun sind sie alle hier aufgetaucht, frei von jeder Beeinflussung und mit wachem Geist!» Sie barg den Kopf in den Händen und stieß einen langen, traurigen Seufzer aus.

«Es ist schrecklich gewesen, mitanzusehen, wie die beiden

Unbekannten die völlig apathischen Kinder entführten. Ich fühlte mich so machtlos!» Mrs. Which stiegen bei diesen Worten Tränen in die Augen. Sie zog ein Taschentuch aus ihrer Jackentasche, um sich diese aus dem Gesicht zu wischen.

«Diese Männer nahmen mich überhaupt nicht wahr ...», fuhr sie dann fort. «Sie gingen dicht an den Bäumen vorbei, hinter denen ich mich verbarg. Eigentlich hätten sie mich bemerken müssen. Aber weil ich im Hexenkreis stand, konnten sie mich nicht erkennen. Da wusste ich definitiv, dass es im Ort nicht mehr mit rechten Dingen zuging! Da sind finstere Mächte im Spiel!»

«Konnten sie diese ominösen Männer eigentlich genauer erkennen?», erkundigte sich Michael bei Mrs. Which.

Die zuckte mit ihren Schultern. «Ja ... und Nein ...»

«Hu? Wie das?» Der frühere Versicherungsmakler schaute verdutzt drein.

«Das Einzige, was ich sicher weiß, ist, dass es Männer gewesen sein mussten. Weil sie so nahe an mir vorbeigingen, hätte ich auch in der Lage sein sollen, die Gesichter zu erkennen. Aber die Betonung liegt auf ‚hätte'. Ich weiß gar nicht, wie ich das beschreiben soll ...»

«Versuchen Sie es!», munterte Michael Mrs. Which auf.

Die überlegte angestrengt, wie sie das Erlebte am besten ausdrücken konnte. «Es fällt mir deswegen so schwer ...», sprach sie dann weiter, «... weil ihre Gesichter irgendwie *unfertig* erschienen. Als bewegten sich die Gesichtszüge. Oder besser, als verschoben sich diese. Ihre Haut erschien mir gelblich und teigig, mit kohlrabenschwarzen Augen darin. Außerdem verströmten sie einen ekelerregenden Geruch ... was haben sie denn, Mr. Fux?»

Der schlanke ESP-Ermittler hatte Augen und Mund in jäher Erkenntnis aufgerissen, denn bei der Schilderung von Mrs. Which erinnerte er sich schlagartig an den Tag, an dem er und Crystal gemeinsam aus der Vampir-Villa Cadwrigham House geflohen waren.

«Ich weiß jetzt, mit wem, oder besser gesagt, mit was wir es hier zu tun haben!», verkündete er mit Grabesstimme und warf einen bedeutungsvollen Blick in die Runde.

«Guckst du nur, oder verrätst du uns, was es ist?», erkundigte sich daher Malcolm prompt bei Michael.

«Ghouls!»

«Ghouls?»

«Ghouls!» Er wandte sich seiner Chefin zu. «Erinnere dich Crystal! Der Friedhof, an dessen Springbrunnen wir uns nach der Flucht aus Cadwrigham House erfrischten! Der Friedhofsgärtner! Er ist ein Ghoul gewesen und wollte uns töten. Um uns danach zu verspeisen! Deswegen kam mir auch der Geruch im White Ghost Inn so bekannt vor!»

«Aber ja!», rief Crystal entgeistert aus. «Warum ist uns das nicht schon früher aufgefallen? Und wenn Mrs. Which berichtet, dass das Personal in unserem Hotel ausgetauscht wurde, ergibt das Sinn!»

«Du liebe Güte!», rief Rolfhardt aus. «Das muss an diesem dämpfenden Einfluss über der Stadt liegen. Ghouls – da sind wir ja auf ein ganzes Nest der Leichenfresser gestoßen! Und, wie es scheint, hat ihre schwarzmagische Energie ausgereicht, uns zumindest ein Stück weit zu blenden!»

Rissi wurde schreckensbleich. „Werden die Kinder von denen aufgefressen?“, fragte er fassungslos.

Michael nickte betrübt. «Wenn wir das nicht verhindern können, ja. Ghouls töten ihre Opfer und lassen die Leichen ein Stück weit verwesen. Dann sondern sie Verdauungssäfte ab und fressen das sich auflösende Gewebe.»

Mrs. Which stieß einen spitzen Schrei aus, als sie das hörte, und schlug vor Entsetzen die Hand vor den Mund. «Das ist ja schrecklich! Trifft das auf alle Verschwundenen zu?»

Crystal nickte betreten. «Das steht zu Vermuten! Sie werden die Entführten an einem Ort deponieren, zu dem alle Zutritt haben. Dort werden sie diese entweder gleich töten. Oder sie weiden sich noch an ihrer Angst, bevor sie das tun.»

Die alte Dame schüttelte grauenerfüllt den Kopf. Aber dann fasste sie sich, kämpfte ihre Panik nieder und bemühte sich, wieder rational zu handeln.

«Dann vermute ich mal stark, dass ihr Hauptquartier im alten Herrenhaus liegt», überlegte sie laut. «Dort kommt keiner von den Stadtbewohnern hinein. Aber da fällt mir was auf ... man sieht auch keine von den aktuellen Bewohnern in Carrington Manor hinein – oder hinausgehen. Doch trotzdem sind sie in der Stadt unterwegs. Wie kann das sein?»

«Möglicherweise besteht eine Verbindung zwischen dem Haus und anderen Gebäuden in der Stadt», vermutete Rissi. «In unzähligen alten englischen Berichte und Geschichten gibt es solche Geheimgänge. Viele davon existierten tatsächlich. Auch heute noch. Warum nicht auch hier?»

Crystal nickte zustimmend. «Ich halte das sogar für sehr wahrscheinlich», sagte sie. «Auf diese Art können sie ihre Opfer ungesehen in ihr Nest schaffen. Und das ist mit hundertprozentiger Sicherheit Carrington Manor. Da stimme ich Mrs. Which voll und ganz zu.»

«Aber wie kommen wir dort hinein?» Malcolm kratzte sich nachdenklich am Kopf. «Wenn wir irgendwo über den Zaun klettern, sind wir praktisch auf dem Präsentierteller. Auf jeden Fall verlieren wir das Überraschungsmoment.»

«Das heißt für uns, dass wir die geheimen Zugänge im Ort finden müssen», schlussfolgerte Rolfhardt und schnippte mit den Fingern. «Ich habe auch schon eine Idee, wo wir mit der Suche anfangen!»

«Echt?», wunderte sich sein Ehemann. «Kannst du auf einmal auch noch Hellsehen?»

«Aber nein ...», winkte Rolfhardt schmunzelnd ab. «Ich verfüge zwar über viele Fähigkeiten, Hellsehen gehört jedoch nicht dazu. Erinnere dich, dass Mrs. Which erwähnte, dass die eigentlichen Betreiber des ‚White Ghost Inn' unter den ersten gewesen sind, die im Ort verschwanden und durch Fremde ersetzt wurden. Und wie wir zwischenzeitlich festgestellt haben, gehen dort mit ziemlicher Sicherheit Ghouls um. Bestätigt durch deren unangenehmen Geruch, ihre Erscheinung und das eher abweisende Verhalten. Zählen wir also zwei und zwei zusammen, Carrington Manor und ...»

«Und ‚White Ghost Inn' ...», vervollständigte Michael, «... dann haben wir die Verbindung. Wenn ich dich richtig verstanden habe, im wörtlichen Sinn. Du vermutest also, dass es zwischen dem Landsitz und dem Hotel einen Geheimgang gibt!»

Rolfhardt nickte bestätigend. Und Crystal meinte: «Würde Sinn ergeben! Immerhin gab es im ‚White Ghost Inn' bereits drei Angriffe, seit wir dort logieren. Auf Anna und deine Eltern, auf die Hardings und auf die junge Familie. Das Gasthaus scheint tatsächlich ein Brennpunkt des Bösen zu sein!»

«Sozusagen ein Gasthaus zum grinsenden Tod!», kommentierte Michael das Gesagte in einem Anflug von Galgenhumor. «Also, wie gehen wir jetzt vor?»

«Zuerst mal zurück in den Ort!», bestimmte Crystal nach kurzem überlegen. «Wir informieren unsere Mannschaft und planen dort alles Weitere. Wollen Sie sich uns anschließen, Mrs. Which?»

Die ältere Dame verneinte freundlich. «Ich fühle mich hier im Wald beim Hexenkreis viel sicherer. Deswegen bleibe ich lieber hier in meinem Zelt. Vielleicht könnten Sie mich benachrichtigen, falls sie es geschafft haben, die Situation zu klären? Kampieren in meinem Alter ist nicht das Beste für meine morschen Knochen!»

«Das machen wir gerne!», versprach die Chefin der Geisterjäger. «Dann verabschieden wir uns fürs Erste bei ihnen. Danke für ihre Hilfe und - wünschen sie uns Glück!»

Nachdem sich auch die restliche Mannschaft bei Mrs. Which bedankt und sich verabschiedet hatte, beeilte man sich, zum Parkplatz zurückzukehren.

«Wenn wir an der Kirche angekommen sind, und die anderen informiert haben ...», sagte Crystal während des schnellen Laufs. «... müssen wir uns als Erstes noch ausreichend Ghoul-Munition besorgen!»

«Ghoul-Munition?» Malcolm wirkte verwirrt. «Was meinst du denn damit?»

«Mann, Alter, hast du nicht aufgepasst?», rief Rissi. «Michael und Crystal haben uns doch von ihrem Erlebnis mit dem Friedhofsgärtner berichtet. Man kommt diesen unheimlichen Leichenfressern nur mit Feuer oder einer bestimmten Säure zu Leibe. Deswegen brauchen wir Zündmittel und Brandbeschleuniger!»

«Genau! Ohne das können wir den Kampf vergessen. Deshalb besorgen wir uns das zuerst!», sagte Rolfhardt, als sie den Parkplatz erreichten und in den Bentley stiegen. «In der Nähe der Kirche gibt es einen Supermarkt. Da finden wir bestimmt etwas Brauchbares. Feuerzeugbenzin, Campinggaskartuschen, Küchengasbrenner wie für Crème brulée, Feuerzeuge, Streichhölzer – all das können wir brauchen.»

«Wir sind doch auch an einer Apotheke vorbeigekommen», erinnerte sich Michael, während er den Wagen vom Parkplatz zurück auf die Straße steuerte. «Dort bekommen wir eventuell Säure. Salz- und Salpetersäure. Die Mischung wirkt bei Ghouls am besten!»

«Vielleicht finden wir auch so etwas wie Fackeln», überlegte Crystal. «Gartenfackeln. Die haben in Rolfhardt Aufzählung gefehlt. Die Dinger brennen schön lang und heiß.»

«Mit denen könnten wir auch gut Carrington Manor abfackeln!», regte Harrison an. Als ihm seine Kollegen fragende Blicke zuwarfen, erklärte er: «Was denn? Wenn in dem Bau das Nest der Leichenfresser ist, fackeln wir am besten das ganze Haus ab. Dann haben diese Unholde wenigstens keine Rückzugsmöglichkeit mehr!»

«Da hat Rissi nicht ganz unrecht», pflichtete Rolfhardt seinem rothaarigen Kollegen mit ernstem Gesichtsausdruck bei. «Grundkurs Ghouls für Anfänger: Wenn nur einer der Ghouls überlebt, gibt es bald wieder mehr von denen. Die vermehren sich wie Bakterien, indem sie sich einfach teilen. Für die Biester ist das zwar sehr anstrengend, und zwischen Teilungen benötigen sie lange, um auf Normalmaß zu wachsen, damit sie wieder teilungsfähig sind. Aber dann hätten wir auf absehbare Zeit schon wieder vier von denen!»

«Da bin ich ganz bei Rissi!», meldete sich auch Malcolm zur Sache. «Wir wissen ja auch nicht, um wie viele Ghouls es sich hier insgesamt handelt. So ein großes Anwesen hat sicher zig Versteckmöglichkeiten. Das müssen wir in jedem Fall bedenken!»

«Ich sage mal so: Im Zweifel nehmen wir auf das Haus keine Rücksicht!», bestimmte Crystal und brachte damit die Sache auf den Punkt. «Es steht weit genug von anderen Gebäuden des Ortes entfernt. Deswegen können etwaige Flammen nicht auf diese übergreifen. Und für die Leute hier ist es am wichtigsten, dass keine Leichenfresser mehr übrig bleiben, die Upper Hamersham erneut terrorisieren könnten. Im umgekehrten Fall schonen diese widerlichen Kreaturen auch niemand. Sie schrecken ja selbst vor Kindern nicht zurück!»

Während der kleinen Diskussion hatte der Bentley schon wieder den Ortsrand erreicht.

«OK, es wird langsam ernst!», sagte Michael. «Rissi, Malcolm – ihr solltet euch um die Feuer-Utensilien kümmern, wenn wir gleich an der Kirche ankommen. Crystal – informierst du unsere Leute in der Kirche? Dann könnten mein Mann und ich nach der Säure schauen!»

«Ja, die Aufteilung ist sinnvoll, um rasch weiter zu können», stimmte Crystal zu. «Treffpunkt ist wieder der Bentley. Dann geht es schnurstracks zum Gasthaus zurück. Wir sollten keine Zeit verlieren. Es stehen Menschenleben auf dem Spiel. Zudem sind nachts die Kräfte der Ghouls stärker, wie tagsüber. Wie bei fast allen Kreaturen der Finsternis.»

Kurz darauf fuhr der Wagen auf den kleinen Parkplatz vor der Kirche.

«Los, Leute!», hielt Crystal ihren Trupp zur Eile an. «Vorgehen, wie besprochen! Wir treffen uns so schnell wie möglich wieder hier. Dann fahren wir sofort weiter zu unserem Gasthaus des grinsenden Todes, wie Michael das Haus so treffend bezeichnete. Also, bis gleich!»

Während die Männer davoneilten, um das Material für den Kampf gegen die Ghouls zu besorgen, betrat Crystal rasch die Kirche, wo ihr die hier wartenden Freunde und Michaels Familie erwartungsvoll entgegen schauten.

«Crystal, dem Herrn sei Dank!», wurde sie von Pater O'Flaherty begrüßt. Der vollbärtige Geistliche zeigte sich sichtlich erleichtert, die junge Londonerin zu sehen. «Was habt ihr herausgefunden? Und wo hast du die Männer gelassen?»

«Die besorgen uns Waffen!», antwortete die 23jährige ernst. Dann schilderte sie der Gruppe, was sie im Forrest of Denham erlebt und in Erfahrung gebracht hatten. Vor allem Michaels Familie zeigte sich entsetzt, als sie erfuhren, welche Bestien des Bösen hier im Ort ihr Unwesen trieben. Crystals Bericht endete mit der Schilderung, welche Schritte die Truppe im Anschluss planten.

«... und daher setzen wir in unserem Hotel den Hebel an», erläuterte sie. «Mrs. Which Beobachtungen nach ist es am wahrscheinlichsten, dass zwischen dort und Carrington

Manor eine Verbindung existiert, über welche die Ghouls unbemerkt inmitten der Stadt auftauchen und wieder verschwinden können. Hotelgäste sind die einfachsten Opfer, weil die hier nicht vermisst werden. Also ist unsere Annahme ziemlich plausibel!»

«Du meine Güte!», entfuhr es Lydia Fux erschrocken. «Dann hatten sie es ja bereits auf uns abgesehen! Wenn Michael und unser Schwiegersohn nicht eingegriffen hätten ...» Sie sprach nicht zu Ende, doch jeder wusste natürlich, was sie hatte sagen wollen.

Auch Anna Mulgraw, ebenfalls von der nächtlichen Attacke betroffen, wurde nachträglich grau um die Nase. «Solche Schweinehunde!», fluchte sie lauthals, wobei sie danach einen entschuldigenden Blick in Richtung O'Flahertys schickte.

«Kein Grund für Rücksichtnahme!», sagte der jedoch mit entschlossener Stimme. «Wenn du erst länger bei unserer Truppe bist, wirst du das immer besser verstehen. Die Mächte des NEGEM nehmen auf nichts und niemanden Rücksicht. Crystal – sag, wie können wir euch unterstützen?»

«Die Männer besorgen bereits brennbares Material», antworte die Gefragte überlegend. «Am besten, ihr treibt noch mehr davon auf. Und ihr müsst dann den Gasthof sichern, falls wir dort wirklich einen Geheimgang zu Carrington Manor finden. Damit unser Rückweg gesichert ist!»

Der katholische Geistliche nickte bestätigend. «Erledigen wir. Verlass dich auf uns.»

«Wir haben hier etliche Schutzrituale durchgeführt, während ihr im Wald wart», meldete sich Bruder Jonathon zu Wort. «Damit dürfte von uns keiner mehr für die Einflüsterungen der örtlichen Dunkelmächte anfällig sein.»

«Das hört sich doch gut an!», freute sich Crystal über diese Information. «Dann können wir um so beruhigter ans Werk gehen. Ich begebe mich jetzt wieder hinaus zum Auto.

Wenn die Männer zurückkommen, fahren wir sofort weiter zum ‚White Ghost Inn'. Beratschlagt am besten gleich mal, wie ihr uns unterstützen könnt. Und drückt uns die Daumen!»

«Das werden wir, Crystal!», antwortete Jonathon entschlossen. «Wir haben da auch schon ein paar Ideen ...»

«Gut. Dann bis später!» Mit diesen Worten verabschiedete sich die Londonerin wieder und eilte aus der Kirche hinaus zurück zum Auto.

Kaum am Bentley angekommen, kamen auch schon Harrison und Malcolm vom örtlichen Supermarkt zurückgeeilt. Sie schleppten zwei große, braune Papiertüten mit sich.

«Wir haben den Laden leergeräumt!», berichtete Malcolm, während sie die Tüten in den Kofferraum des Bentley stellten. «Brennspiritus, Feuerzeugbenzin, Gasbrennerpistole für Crème Ghoulé mit Kartuschen, Partyfackeln, Feuerzeuge, Zündhölzer – alles, was das Herz eines Ghoul-Jägers begehrt!»

Crystal schüttelte den Kopf und musste trotz des Ernstes der Lage grinsen. «Crème Ghoulé – der war gut .... Und wie ich sehe, habt ihr auch noch ein paar praktische Umhängetaschen bekommen. Gut mitgedacht!»

«Ja, nicht wahr?», strahlte Rissi über das ganze, sommersprossige Gesicht. «Der Laden macht heute jedenfalls einen Mordsumsatz. Und ... ah! Da kommen ja auch die beiden Frischvermählten wieder zurück. Auch sie haben Taschen dabei. Sieht ebenfalls nach einer geglückten Mission aus.»

«Fündig geworden?» Malcolm deutete mit einem Kopfnicken auf die beiden Taschen in den Händen der Männer, als diese den Bentley erreichten.

«Sind wir!», antwortete Michael mit zufriedenem Grinsen. «Säure in kleinen Glasflaschen. Wir müssen diese nur noch mischen. Dann können wir den Ghouls Saures geben!»

«Oh je ...», entfuhr es Crystal. «Die Wortspiele werden immer schräger. Na, egal, Hauptsache, wir haben genug Material, um gegen die Leichenfresser vorzugehen. Los, stellt eure Taschen auch in den Kofferraum. Und dann nichts wie zurück zum Gasthaus!»

Gleich darauf steuerte Michael den Bentley wieder durch Upper Hamersham. Diese Fahrt dauerte nur wenige Minuten, da das ‚White Ghost Inn‘ ja nicht weit entfernt lag. Dort angekommen sah alles zunächst absolut unverdächtig aus. Doch die Geisterermittler täuschte diese Ruhe nicht darüber hinweg, was sich im Inneren abspielte. Sie wussten ja mittlerweile, dass innerhalb der Wände des Gasthauses Übles vor sich ging. Kaum angekommen, rüstete sich die Truppe rasch mit dem besorgten Material aus. Jeder bekam für seine Umhängetasche etwas von den brennbaren Flüssigkeiten, die Gartenfackeln und Zündmaterial. Schnell mischten man Salz- und Salpetersäure zu Königswasser, einem aggressiven Gemisch, welches sogar Ghouls zersetzte. Die Fläschchen mit dem Gemisch wurde unter den fünf Geisterjägern verteilt, die sie mit gehörigem Respekt behandelten. Dazu noch einige Schutzamulette aus ihrem immer mitgeführten, reichlichen Vorrat.

So ausgerüstet, machten sie sich daran, das kleine Hotel zu betreten. Im Vorfeld hatten sie sich abgesprochen, gleich offensiv vorzugehen. Lange herum lavieren und behutsames Herantasten schien angesichts des Ernstes der Lage nicht angebracht zu sein. Vor allem wegen der verschwundenen Kinder zählte jede Sekunde.

Beim betreten des Foyers fand sich nur einer der ‚Angestellten‘ hinter der Rezeption. Auf dem ersten Blick ein Mann mittleren Alters mit ausdruckslosem Gesicht, dass mit seiner teigig-gelblichen Farbe eine sehr ungesunden Anblick bot. Die wässrig-grauen Augen trugen das ihre zu dem unangenehmen Eindruck bei. Die Gesichtszüge wirkten dabei seltsam unbestimmt. Ganz so, als besäße die Haut keine feststehenden Merkmale, sondern änderte sich unentwegt. Natürlich nicht in dem Maße, in dem man eine Bewegung bewusst wahrnahm. Doch die ESP-Ermittler wussten nun ja, woran das lag. Sie hatten sich der Beeinflussung durch die Ghouls erfolgreich entzogen, was es bisher verhinderte, dass man die Unwesen als solche erkannte.

Michael stürmte absprachegemäß sogleich auf die Rezeption zu. «Die verschwundenen Gäste!», blaffte er die Gestalt dahinter unwirsch an. «Wo habt ihr die hin verschleppt? Raus mit der Sprache!» Um seinem Anliegen Nachdruck zu verleihen, ließ er die geschlossene Faust seiner rechten Hand krachend auf das Holz des Schalters donnern.

Den Mann mit dem Teig-Gesicht überraschte die unerwartete Aktion sichtlich. Er benötigte einen verräterisch langen Moment, um sich wieder zu fangen.

«Wie bitte?», tat er verwirrt. «Ich weiß nicht, was sie meinen!», säuselte er dann süßlich weiter. Allein seine abweisende Mimik und der kalte, böse Ausdruck in seinen Augen, sprach Bände. «Gäste sollen verschwunden sein?», fuhr er in hochnäßig-überheblichen Tonfall weiter. «Davon ist mir nichts bekannt ...»

Natürlich hatten sie nicht damit gerechnet, von dem Ghoul hinter der Rezeption eine freimütige Antwort zu bekommen. Michaels Aktion besaß einen ganz anderen Hintergrund. Während er nämlich den Rezeptionist mit dem Vorwurf konfrontierte, beobachtete Rolfhardt diesen sehr genau. Seinem scharfen Vampirsinnen entging dabei nicht die geringste Reaktion. Als Michael dem Ghoul die Frage nach dem Verbleib der verschwundenen Gäste an den Kopf warf, richtete sich der Blick seiner Pupillen für einen winzigen Moment auf die Tür im Hintergrund des Foyers aus, hinter der die Geisterjäger die Treppe zum Untergeschoss wussten. Einem normalen Menschen wäre diese Reaktion verborgen geblieben. Doch Rolfhardt entging sie nicht. Nun wusste er sofort, wohin sie sich zu wenden hatten. Zur endgültigen Bestätigung seines Verdachtes musste er nur noch den Ghoul endgültig aus der Reserve locken.

Er nahm neben seinem Ehemann am Rezeptionstresen Aufstellung, lehnte sich mit den Unterarmen darauf und setzte ein maliziöses Lächeln auf. Zusammen mit seinen kalt und hart dreinschauenden Augen konnte man allein davon schon Angst bekommen.

«Mein Guter ...», flötete er übertrieben freundlich und süßlich, «... es sind aber Gäste aus diesem Hotel verschwunden. Die nette Mrs. Harding. Und die Kinder des entzückenden, jungen Ehepaars. Muss sie das nicht auch besorgen?»

Man merkte seinem Gegenüber an, dass der sich zunehmend unwohl fühlte. Das sich Hotelgäste in irgendeiner Weise einmischten, oder sogar Eigeninitiative ergriffen, schien bis dato nicht vorgekommen zu sein. Die Ghouls im Ort mussten sich bisher unangreifbar gefühlt haben. Nun standen ihm aber Personen gegenüber, die ganz eindeutig nicht mehr dem dämpfenden Einfluss unterlagen, der über den Ort geworfen worden war.

«Ich ... ich weiß nicht, was sie jetzt von mir erwarten ...», antwortete der als Mann auftretende Ghoul stockend. Gleichzeitig fiel dem Londoner Trio auf, dass es dem Typen immer schwerer zu fallen schien, seine ohnehin schwammigen Gesichtszüge unter Kontrolle zu halten.

«Nuuuun ...», fuhr Rolfhardt gedehnt fort, während er scheinbar interessiert die gespreizten Finger seiner rechten Hand betrachtete. «Sie könnten uns erlauben, uns hier im Hotel gründlich umzuschauen. Nur, um sicherzugehen. Am besten, wir fangen gleich damit an. Vielleicht im ...», Rolfhardt machte eine Kunstpause und fixierte den Ghoul mit zusammengekniffenen Augen, «...im Keller?»

143

«Sie gehen auf keinen Fall in den Keller hinunter!», brauste die Gestalt an der Rezeption auf. Gleichzeitig nahm die sichtbare Haut an dessen Händen und Füßen eine noch teigigere Konsistenz und gelblichere Färbung an. Schlagartig verstärkten sich auch die fauligen Gerüche, welche die Gestalt verströmte. Alles sichere Zeichen dafür, das man sich auf der richtigen Fährte befand.

«Ach nein?», rief Rolfhardt mit scharfem Ton in der Stimme. «Haben Sie dort denn etwas zu verbergen? Vielleicht ein Nest voller ... Ghouls?»

Kaum verklang die letzte Bemerkung des österreichischen Vampirs, als der Ghoul den letzten Rest an Beherrschung verlor.

In Sekundenbruchteilen verwandelte sich der Ghoul vor ihren Augen in eine schreckenerregende Gestalt. Große, schwarze und blutunterlaufene Augen, gallertartige Haut, eine nur noch aus Schlitzen bestehende Nase. Dazu ein weit aufgerissenes Maul mit scharfen Reiß- und Schneidezähnen. Die Kreatur stieß ein gutturales Fauchen aus und hob seine krallenartigen Hände mit den messerscharfen Fingernägeln, die es zum zerteilen seiner Beute einzusetzen wusste. Doch seine Gegner reagierten nicht so, wie er es erwartet hatte. Die Menschen im Foyer zeigten nicht die kleinste Spur von Angst. Im Gegenteil!

Rolfhardt lachte kalt. «Was du kannst, kann ich auch!» Im nächsten Moment nahm er seine Vampirgestalt an und sprang aus dem Stand mit einem Satz über die Rezeption.

Er rang die überraschte Kreatur mühelos zu Boden. Ghouls besaßen durchaus große Körperkräfte. Jedoch einem Vampir gegenüber waren sie absolut unterlegen. Der Ghoul zeterte, brüllte und bäumte sich auf. Doch es gelang ihm nicht, sich aus der Umklammerung des Vampirs zu befreien.

Rolfhardt griff in seine Umhängetasche und zog mit einer Hand zwei Säurefläschchen heraus.

«Wollen wir mal sehen, wie dir meine Medizin schmeckt, du elender Leichenfresser!», rief er mit hartem Tonfall.

Kurzerhand steckte er die beiden dünnwandigen Fläschchen in das geifernde Maul des Ghouls. Mit einem heftigen Stoß gegen den Kinnbereich des gallertartigen Gesichts verschloss er das Maul. Das überraschte Finsterwesen konnte sich nicht dagegen wehren. Beim Zupressen zersprangen die beiden Glasflaschen und setzten das Königswasser frei. Eine aggressive Mischung, der auch Ghouls nichts entgegenzusetzen hatten.

Augenblicklich schlug der unter Rolfhardt begrabene Unhold wild um sich. Aus dem immer noch mit Gewalt verschlossenen Mund drangen dünne Rauchfahnen und ein Winseln und Stöhnen, als die Säuremischung ihre Zersetzung begann. Panik stand dem Ghoul in das Gallertgesicht geschrieben, in dessen Backenbereich dunkle Male erschienen, die sich rasch zu durch Säure ins Gewebe gefressenen Löcher auswuchsen. Gelbliche Flüssigkeit trat aus, das Ghoul-Äquivalent zu menschlichem Blut. Immer schneller schritt die Zersetzung voran. Nach wenigen Augenblicken erlahmten die wilden Abwehrversuche der Kreatur.

Als die dunklen Augen brachen, gab Rolfhardt den Körper frei und sprang zurück vor die Rezeption, wo sein Mann und seine Freunde und Kollegen das Geschehen atemlos verfolgt hatten. Zusammen konnten sie den immer rascheren Zerfall beobachten, der sich vom Kopfbereich weiter über den ganzen Körper ausbreitete.

Angewidert trat Rolfhardt von der Rezeption zurück. «Pfui Teufel ...», fluchte er. «Der hat schon vorher übel gerochen. Aber jetzt stinkt er so, dass eine Kläranlage dagegen Blumenduft verströmt!»

Die anderen teilten seine Meinung vorbehaltlos. Weil

der Brodem, der von der sich zersetzenden Leiche aufstieg, im wahrsten Sinne des Wortes atemberaubend war.

Der Zersetzungsprozess schritt immer schneller voran. In unglaublicher Geschwindigkeit ‚schmolz' das Körpergewebe des Ghouls dahin, bildete kleine Pfützen, die ihrerseits zu brodeln anfingen und in die Umgebung verdunsteten. Dabei verbreiteten sie einen wirklich pestilenzartigen Gestank. Innerhalb weniger Minuten war von dem ganzen Körper nur noch eine kleine Lache übrig.

Und wenige Augenblicke darauf zeugte nur noch ein dunkler Fleck und etwas grauer Staub am Boden davon, dass sich hier einmal etwas anderes befunden hatte. Mit dem Fleck verwehte auch der Gestank, so dass die Geisterjäger erst einmal wieder durchatmen konnten.

Rissi pfiff durch die Zähne. «Das nenne ich mal eine bühnenreife Vorstellung!», meinte er beeindruckt. «Ich meine, ich kenne ja die Schilderung von Crystal und Michael über ihre erste Begegnung mit dem leichenfressenden Friedhofsgärtner. Aber dass hier eben, das kam nicht darin vor!»

«Was daran liegt, dass wir den Typen damals abgefackelt haben!», rief ihm Michael in Erinnerung. «Er hat sich zwar auch in Rauch aufgelöst, sprichwörtlich, aber eben auf andere Art.»

«Stimmt. Habe ich vergessen! Immerhin wissen wir nun sicher, das Königswasser genau so wirksam ist, wie Feuer.»

«Und jetzt?», fragte Malcolm in die Runde. «Ab in den Keller?»

«Ab in den Keller!», antworteten Rolfhardt, sein Mann Michael und Crystal unisono, was erheitertes Lachen hervorrief und so die Anspannung ihrer Nerven ein wenig reduzierte.

«Seid ihr jetzt die ESP-Singers?», fragte Malcolm daraufhin schmunzelnd.

«Wir haben heimlich geübt!», kommentierte Crystal

146

scherzhaft. «Aber mir fällt gerade ein, dass wir noch etwas erledigen müssen, bevor wir in den Keller hinabsteigen. Lasst uns durch die Zimmer gehen und sehen, ob sich Gäste darin aufhalten. Die sollten das Gasthaus am besten verlassen.»

«Sinnvoller Vorschlag», stimmte Michael sofort zu.

Auch Rolfhardt signalisierte sein Einverständnis. «Wir hantieren mit Säure und Feuer. Zudem wissen wir nicht, wie die Kumpane des erledigten Typen reagieren, sobald sie merken, dass hier Gegner auf den Plan getreten sind. Da ist es besser, wenn sich niemand mehr hier drin aufhält.»

Sie machten sich sogleich ans Werk und schnappten sich die Schlüssel-Doppel, die sie in einem Schrank unter dem Rezeptionstisch entdeckten. Dann teilten sie sich auf, um die Zimmer so rasch wie möglich durchzuschauen. Das ging schneller vonstatten, als sie erwarteten, denn sie fanden sämtliche Zimmer leer vor. Zur Rezeption zurückgekehrt, versahen sie die Außentüren mit einem «GESCHLOSSEN»-Schild, damit möglichst niemand das White Ghost Inn betrat, solange sie hier operierten. Anschließend versammelten sie sich vor der Tür zum Untergeschoss.

Malcolm ergriff den Türknauf. «Abgeschlossen!», stellte er missmutig fest.

«Das hält einen Vampir nicht auf!», sagte Rolfhardt lässig. «Geh mal einen Schritt beiseite!»

Malcolm kam der Aufforderung des Österreichers nach. Der trat einmal kräftig gegen das Türblatt, und schon sprang diese krachend nach innen auf.

«Dignus est intrae!», sagte Rolfhardt und machte eine einladende Bewegung mit der Hand.

«Hä?», machte Rissi und starrte den blonden Vampir fragend an.

«Es ist würdig, einzutreten», antwortete Michael anstelle seines Mannes, der ihn daraufhin überrascht anschaute.

147

«Was denn?», versetzte Michael daraufhin grinsend. «Ich lese Asterix!»

Da musste Rolfhardt herzhaft lachen. Die anderen drei verstanden diesen Insider-Gag nicht, weil keiner von ihnen die französische Comicreihe um den gallischen Krieger kannte oder gelesen hatte.

«Lasst mich vorgehen!», rief Rolfhardt rasch, bevor jemand die Kellertreppe betrat. «Ich habe von allen die schärfsten Augen und das beste Gehör!»

«Alter Angeber!», murrte Rissi scherzhaft. «Nur, weil du ein Vampir bist ...»

Die anderen lachten, ließen ihrem Wiener Kollegen jedoch den Vortritt. Denn natürlich waren seine besonderen Vampirsinne die beste Rückversicherung und Warnanlage bei ihrer Exkursion in die unbekannten Tiefen des ‚White Ghost Inn'. Das Kellerlicht erwies sich nach dem einschalten nämlich als trübe Funzel.

«Warum sind Kellerräume wie in den einschlägigen Gruselfilmen immer so schlecht beleuchtet?», beschwerte sich Michael, während sie langsam hintereinander die ausgetretenen Treppenstufen hinunterstiegen.

«Ich glaube, das wäre ein gutes Thema für eine wissenschaftliche Arbeit», kommentierte Crystal ironisch. «Wenigstens gehen wir in Blair House da mit gutem Beispiel voran.»

«Ein anderes Thema wäre, warum es in Kellerräumen immer muffig riechen muss», ergänzte Malcolm naserümpfend. «Obwohl die Erklärung ja auf der Hand liegt», gab er sich sogleich selbst die Antwort. «Die Räume sind einfach schlechter belüftet. Allerdings habe ich schon muffigere Keller erlebt, als diesen hier. Und es riecht auch kaum nach den Ghouls. Nach der Geruchsattacke an der Rezeption hatte ich eigentlich einen strengeren Odem erwartet, hier, in diesem ... Labyrinth!» Das letzte Wort war dem Umstand geschuldet, dass sie am Fuß der Treppe in der Tat ein Labyrinth aus Gängen und Türen erwartete. «Na, das kann ja heiter werden!»

Ein Gang führte geradeaus, zwei weitere nach rechts und nach links in die unbekannten Tiefen des Gebäudes. Es gab in allen Richtungen viele Türen, und weiter hinter konnte man erkennen, dass sich die Gänge weiter verzweigten.

«Hilft alles nichts, Leute ...», seufzte Crystal schicksalsergeben. «Wir müssen Raum für Raum abklappern. Nicht, dass wir auf einmal diese Widerlinge im Rücken haben. Es darf keiner von denen übersehen werden, wenn der Ort in Sicherheit sein soll!»

Da das allen bewusst war, machte man sich ohne viel Diskussion an die Arbeit, in ruhiger und konzentrierter Weise. Sie nahmen sich ein Gang nach dem anderen vor, wobei sie zunächst immer nur bis zum jeweiligen Abzweig vordrangen, dann zurückkehrten, um sich die nächste Richtung vorknöpften. Denn da sie nicht wussten, mit wie vielen Ghouls man rechnen musste, wollten sich die Geisterjäger nicht zu weit voneinander entfernen, um im Bedarfsfall den anderen zur Hilfe kommen konnte.

Zuerst entdeckte man Räume, die man in jedem Gasthaus erwarten durfte: Lager für Trockenprodukte, Konserven, Getränke. Einen Raum mit der Zapfanlage für Bierfässer. Kühlräume, genauso wie einen Tiefkühlraum. Also nichts Ungewöhnliches. Das änderte sich schlagartig bei einer der letzten Türen des dritten Ganges, der von der Treppe nach rechts abzweigte.

Es war Malcolm, der diese letzte Türe vor dem Abzweig öffnete – und prompt zurückprallte. Denn aus dem Raum dahinter drang penetranter Verwesungsgeruch nach draußen, der so schlimm war, dass die menschlichen Geisterjäger gegen Übelkeit und Brechreiz ankämpfen musste. Nur Rolfhardt machte der Gestank so gut wie nichts aus, was die anderen dazu brachte, ihn in diesem Moment um seine Vampireigenschaften zu beneiden.

Er war es dann auch, der die Tür ganz aufstieß und als erster in den Raum dahinter vordrang. Es bot sich ihnen ein Bild des Grauens! Auf dem Boden, im hinteren Teil des Kellerraumes lagen drei Leichen an der Wand aufgereiht. Sie gingen schon sichtbar in einem fortgeschrittenen Zustand der Verwesung über. Das Gewebe hatte bereits zum Teil eine schwärzliche Färbung angenommen und wirkte aufgedunsen. Die Körper waren nackt, so dass die Geisterjäger erkannten, dass es sich um zwei Männer und eine Frau handelte. Ein tragisches und unwürdiges Ende! Ermordet, um auf der Speisekarte der Leichenfresser zu landen!

«Diese Schweine!», entfuhr es Harrison kreidebleich, in nur schwer unterdrücktem Zorn. «Das werden sie büßen!»

«Das werden sie, Rissi!», sagte Crystal betroffen und legte dabei ihrem Kollegen besänftigend die Hand auf die Schulter. «Aber Rachegedanken sind schlechte Ratgeber. Wir müssen einen kühlen Kopf und Ruhe bewahren. Sonst haben wir keine guten Karten in diesem Kampf!»

Harrison nickte stumm, denn er wusste, dass ihre Teamchefin natürlich Recht hatte. Überstürztes und Rache geleitetes Handeln konnte verhängnisvolle Fehler nach sich ziehen. Wie gefährlich ihre Mission war, sahen sie soeben mit eigenen Augen.

«Es ist nicht Clara Harding ...», stellte Rolfhardt fest, der neben der weiblichen Leiche in die Hocke gegangen war, um sie genauer zu betrachten. «Die beiden Männer kenne ich auch nicht. Dem Zustand nach liegen die drei Körper hier aber schon etwas länger. Sie müssen Tage vor uns hier deponiert worden sein. Möglicherweise Hotelgäste. Arme Teufel!»

«Immerhin wissen wir nun, dass wir auf der richtigen Spur sind!», stellte Michael grimmig fest. «Jetzt müssen wir nur noch ...» Er brach überrascht ab. «Habt ihr das auch eben gehört?»

«Gehört?», wiederholte Malcolm aufhorchend. «Was gehört?»

«Es klang sich wie ein leises Stöhnen ...», antwortete Michael, angestrengt lauschend..

«Ein Stöhnen?» Crystal schaute sich um. «Von hier kann es nicht gekommen sein», stellte sie fest. «Außer uns und den drei Leichen befindet sich nichts in diesem Kellerraum.»

«Aber mein Mann hat recht!», behauptete nun auch Rolfhardt, der sich wieder erhoben hatte. «Sein Gehör ist schon fast so gut wie meines. Das Geräusch kam von nebenan!»

«Dann lasst uns sofort nachschauen!» Rissi stürmte aus dem Keller, besann sich auf dem Gang aber wieder und wartete auf seine Kollegen. Alleine vorzupreschen war hier unten lebensgefährlich.

Sie mussten sich zum Ende des Ganges begeben, und dann um die Ecke biegen, bevor sie zu der Tür kamen, die in den Raum führte, der an dem Keller mit den drei Leichen direkt angrenzte. Dort angekommen, lauschte Rolfhardt erst einmal vorsichtshalber an der Tür.

«Es befindet sich nur ein Lebewesen auf der anderen Seite», berichtete er nach einem kurzen Moment. «Von diesem stammt das Gejammere und das Stöhnen. Wahrscheinlich ein weiteres Opfer. Ich öffne langsam die Tür. Haltet trotzdem eure Säurefläschchen bereit. Man weiß ja nie!»

Auch diese Kellertür war nicht verschlossen, Beleg dafür, dass sich die Ghouls hier vor Ort sehr sicher fühlten. Langsam drückte Rolfhardt das Türblatt auf und schaltete dann das Licht im Raum an. Sofort verstummte das Jammern. Man hörte Ketten klirren und sah einen Mann, der sich in absoluter Panik verfallen in einer Ecke des Kellers zusammenkauerte.

Crystal trat sogleich neben Rolfhardt in den Kellerraum und näherte sich dem Mann, blieb aber ein Stück von ihm entfernt stehen, um ihn nicht noch mehr in Panik zu versetzen.

«Sie müssen keine Angst vor uns haben ...», rief sie ihm mit sanfter Stimme zu, um beruhigend auf ihn einzuwirken. «Wir gehören nicht zu denen, die sie hier eingesperrt haben. Im Gegenteil, wir werden ihnen helfen. Sagen Sie mir bitte ihren Namen ...?»

«A... Anthony ...», kam es krächzend und so leise zurück, dass man es kaum verstehen konnte. «B ... bitte ... Wass...» Die schwache Stimme versagte dem Mann und die Geisterjäger erkannten, dass er völlig entkräftet zu sein schien.

«Wir helfen ihnen!», bekräftigte Crystal noch einmal, trat auf Anthony zu und ließ sich neben ihn in die Hocke sinken.

Anthony zuckte erschrocken zusammen, als ihm Crystal besänftigend die Hand auf den Unterarm legte, beruhigte sich aber schnell, nachdem er erkannte, dass die sanfte Berührung ihm keinen Schaden zufügte.

«Malcolm, Rissi – könntet ihr bitte noch einmal zu den Lagerräumen zurückkehren, die wir vorhin in Augenschein genommen haben? Bringt ein paar stark zuckerhaltige Getränke mit. Cola oder Saft wäre am besten. Ich meine mich auch zu erinnern, einen Karton mit Fruchtriegel gesehen zu haben. Wir brauchen etwas, was Anthony schnell Energie liefert!»

«Wird gemacht, Chefin!», bestätigte der rothaarige Rissi mit gespieltem Salutieren. Der eher wortkarge Schotte Malcolm brummte nur zustimmend.

Während die beiden Männer davoneilten, um die gewünschten Sachen zu besorgen, wendete sich Crystal wieder an Anthony.

«Mein Freund hier ...», sie wies auf Rolfhardt, «... er wird sich um deine Fesseln kümmern, einverstanden? Also nicht erschrecken, wenn er daran herum hantiert. Ich kann dir auch nicht garantieren, dass es vollkommen schmerzfrei für dich abgeht. Aber ich denke, das nimmst du in Kauf, wenn du den Mist dafür loswirst. Ist das in Ordnung?»

Der etwa 35jährige Mann nickte schwach, aber mit hoffnungsvollem Blick, und löste sich so aus seiner kauernden Haltung, dass das Fußgelenk mit der metallenen Fußfessel darum zugänglich wurde. Crystal nickte ihm aufmunternd zu, und machte dann Platz für Rolfhardt.

«Keine Angst, mein Junge, das haben wir gleich!», sprach der Anthony ebenfalls Zuversicht zu. Er ging auch ohne große Umschweife ans Werk. Mit einem kurzen Ruck riss er das andere Ende der Fußfessel von seiner Verankerung an einem Wandhaken los. Was den Gefangenen dazu brachte, ungläubig auf Rolfhardt zu schauen, zerrte er selbst doch sicherlich, seinem Zustand nach zu schätzen, seit Tagen an dieser Kette herum. Er konnte ja auch nicht ahnen, dass hier ein Vampir zu Werke ging, der übermenschliche Körperkräfte besaß.

Bei der Fußfessel direkt am Körper musste Rolfhardt etwas weniger brachial vorgehen. Aber auch hier benötigte er nur einige kurze Augenblicke, um die Verriegelung aufzubrechen. Doch Anthony begriff gar nicht sofort, wie ihm geschah. Wahrscheinlich traute er seinen Sinnen nicht, dehydriert und ausgemergelt, wie er war. Seine Peiniger hatten ihn hier eingesperrt, damit er sich zu Tode hungerte. Stress und Angst machten ihn für die Leichenfresser erst zu einem richtigen ‚Leckerbissen'. Diese widerlichen Kreaturen ergötzten sich so zweifach an ihren Opfern. Zuerst an deren Todesangst. Dann an deren Leichen.

Noch bevor der Mann wirklich realisierte, dass er nicht mehr angekettet war, kehrten Risse und Malcolm mit den

Fruchtriegeln und Getränken zurück, die zu holen sie von Crystal beauftragt wurden.

Crystal nahm zuerst eine Halbliterflasche Cola, schraubte sie auf und setzte sie Anthony an den Mund. Als dieser die Flüssigkeit auf Lippen und Zunge spürte, musste ihn die Britin energisch davon abhalten, zu schnell zu viel auf einmal zu trinken. Sie flößte ihm Schluck für Schluck ein. Und mit jedem dieser Schlucke kehrten ein wenig mehr Lebensgeister in den ausgehungerten Körper zurück.

Der einen Flasche folgte ein weitere, bis der ärgste Durst des Mannes gestillt war. Dann reichten sie ihm die Fruchtriegel, und stellten noch drei weitere Limonadenflaschen neben ihm ab.

Während Anthony, wieder Hoffnung schöpfend, einen Fruchtriegel nach dem anderen verzehrte, redete Crystal ihm gut zu und bereitete ihn darauf vor, dass man ihn alleine zurücklassen musste, weil man diejenigen aufspüren wollte, die ihm das angetan hatten. Sie erklärte ihm geduldig den Weg nach oben zurück ins Foyer, und dass er sich dorthin aufmachen sollte, sobald er sich kräftig genug fühlte. Michael versicherte ihm darüber hinaus, dass der Weg zum einen beleuchtet sei, und zudem sicher, weil sich aktuell niemand oben im Gasthaus aufhielt.

Mit den zurückkehrenden Lebensgeistern zeigte sich der Mann erstaunlich zuversichtlich. Wahrscheinlich schreckte ihm im normalen Leben nur wenig, weswegen er mit der nun verbesserten Situation erfreulich gut zurechtkam. Anthony versicherte, sich so schnell wie möglich auf den Weg zu machen. Er versprach auch, das Haus oben zu verlassen und im Freien zu warten. Rolfhardt legte ihm zur Sicherheit noch eine Kette mit einem Schutzamulett um den Hals und schärfte ihm ein, dieses unter keinen Umständen abzulegen! Dann verabschiedete sich der Trupp von ihm, verließ den Kellerraum und drang weiter in das unterirdische Labyrinth aus Gängen und Räumen vor. Das endete allerdings abrupt in einem Raum, aus dem es scheinbar keinen anderen Weg heraus gab, als den, durch den man hereinkam.

«Sollten wir uns geirrt haben, und es gibt doch keinen Geheimgang hier unten, der zu Carrington Manor führt?», überlegte Rissi laut und kratzte sich nachdenklich am Kopf.

Zunächst antwortete ihm niemand auf diese Frage. Crystal schritt mit Rolfhardt die Wände ab, und Michael, die Hände in die Hüften gestützt, musterte mit zusammengekniffenen Augen intensiv den Boden. Er war es dann auch, der als erster einen triumphierenden Schrei ausstieß, wobei er mit ausgestrecktem Arm schräg vor sich auf den Kellerboden zeigte.

«Seht!», rief er aufgeregt. «Wegen des schlechten Lichts hier unten erkennt man es nicht gleich! Auf dem staubigen Kellerboden gibt es jede Menge Schuhabdrücke. Aber dort, in der Mitte der Stirnwand, sind sie in einem ungefähren Halbkreis alle verwischt! Was sagt uns das? Na? Na?»

«Schon gut ...», winkte Rissi ab und verdrehte die Augen. «Da gibt es also eine Geheimtür. Wir haben es kapiert!»

«Jetzt müssen wir nur noch herausfinden, die man die öffnet!», meinte Michael, der mit vor der Brust verschränkten Armen auf die Wand vor ihnen starrte, und diese mit den Augen nach Hinweisen absuchte, die zum Öffnungsmechanismus führen konnten.

Rolfhardt, sein Ehemann, trat dicht an die Wand heran und lies seine flachen Hände dicht über das Mauerwerk kreisen. «Da ist ein feiner Luftzug zu spüren ...», berichtete er nach wenigen Augenblicken und folgte diesem mit seinen Händen. So ermittelte er rasch ein Rechteck von etwa zwei Meter Höhe und etwas mehr als einem Meter Breite. Ganz eindeutig die Umrisse einer geheimen Öffnung.

«Und wie bekommen wir das Ding auf?», stellte Michael die sich natürlich daraus ergebende Frage.

«Ich schätze mal, dass man auf irgendeine Stelle entweder entlang der äußeren Begrenzung, oder des Bereichs innerhalb drücken muss», mutmaßte Crystal. «Tasten wir also alles mal ab. Wenn das nichts bringt, muss der Mechanismus von irgendwo anders her ausgelöst werden. Dann bleibt uns nichts anderes übrig, als den gesamten Kellerraum akribisch ,abzuklopfen'. Im wahrsten Sinne des Wortes ...»

«Uhhh – beschrei's nicht!», seufzte Michael frustriert. «Das würde ja ewig dauern!»

«Um so schneller sollten wir an die Arbeit gehen!», stellte Rolfhardt fest und begann sogleich damit, die Innenfläche des ermittelten Rechtecks an der Wand abzutasten, Crystal tat das gleiche rechts von ihm, Michael übernahm die linke Seite des Mauerwerks.

Die gemeinsame Suche bewirkte, dass es schon nach wenigen Augenblicken vernehmlich in der Wand klickte und die verborgene Tür an der rechten Seite ein paar Zentimeter in den Keller hinein aufsprang.

«Heureka!», triumphierte Michael. «Na, wer sagt's denn! Das ging ja schneller als befürchtet!»

«Leise jetzt!», mahnte Crystal die anderen. «Wir wissen nicht, was auf der anderen Seite der Mauer lauert. Einer von uns sollte für alle Fälle eine der Partyfackeln anzünden. Der Rest hält Feuerzeugbenzin und Brennspiritus bereit. Niemand, und das betone ich, niemand darf leichtsinnig sein. Wir haben es nicht nur mit einem Gegner zu tun. Vergesst das nicht!»

Sie wartete, bis die Fackel brannte. «Bereit?», versicherte sie sich dann. Nachdem alle bestätigten, griff sie nach der vorstehenden Mauerkante der Geheimtür und zog sie langsam, und mit größter Wachsamkeit auf.

Im nächsten Moment prallte sie so heftig zurück, dass sie mit Rolfhardt zusammenstieß, der direkt hinter ihr stand.

Aus dem Spalt in der Mauer drang ein so übler Verwesungsgestank, dass er geradezu atemberaubend war und heftig zum Würgen reizte. Der Geruch in dem Raum zuvor, mit den drei darin vorgefundenen Leichen, verblasste dagegen zu einem lauen Sommerlüftchen. Aber einen besseren Beweis, dass sich die Truppe von ESP Investigations auf der richtigen Spur befand, konnte es nicht geben.

«Pfui Spinne!», schimpfte Crystal leise. «Das ist absolut widerlich!»

«Und verheißt wenig Gutes!», fügte Michael beunruhigt hinzu. «Jetzt könnten wir die lebende Fackel der fantastischen 4 brauchen!»

„Dann los!", kommandierte Crystal entschlossen, während sie sich bemühte, flach zu atmen. «Wir sind schließlich die fantastischen Fünf! Bringen wir die Sache ins Rollen ...»

Gemeinsam mit Rolfhardt zog sie die Mauertür ganz auf. Dann drangen sie in den dunklen Gang dahinter vor. Im Schein der brennenden Fackel konnten sie sehen, dass nach ungefähr zehn Meter erneut eine Tür den Weg versperrte. Hatte sich beim Einstieg in den Gang der ekelhaft süßliche Verwesungsgeruch schon etwas verflüchtigt, nahm er wieder an Intensität zu, je weiter man sich der anderen Tür näherte. Und noch etwas erregte die Aufmerksamkeit der Geisterjäger. Durch die geschlossene Tür drangen Geräusche, die wie ein schauriges Schmatzen und Schlürfen klangen, und die einem eine Gänsehaut über den Körper jagen konnten. Jeder der fünf Ermittler wusste, was diese Geräusche hervorrief. Crystal und Michael aus eigenem Erleben heraus, die anderen durch die lebhaften Beschreibungen der beiden. Sie vermochten es daher, sich seelisch und moralisch darauf vorzubereiten auf das, was sie in dem Raum dahinter antreffen würden.

An der Tür hielten sie inne und lauschten noch einmal

kurz. Rolfhardt legte dann warnend seien Zeigefinger an die Lippen und übernahm es, die Tür vor ihnen möglichst leise und langsam zu öffnen. Als Vampir besaß er eben von allen die größte Kraft und Widerstandsfähigkeit. Ghouls konnten ihm kaum gefährlich werden.

Diese zweite Tür erwies sich als unverschlossen und quietschte glücklicherweise auch nicht, als der Wiener sie langsam aufzog. Wie zuvor kam wieder ein ekelerregender Brodem in einem Schwall auf den Gang hinaus, der zum Würgen reizte. Sie bekamen freie Sicht auf den dahinterliegenden Raum, der etwas kleiner ausfiel, als der Keller mit der Geheimtür.

Auf dem Boden lagen kaum noch als menschlich anzusehende Leichen, auf die sich unförmige, amorphe Massen schoben, Ghouls in ihrer wahren Gestalt, die sich an den Toten gütlich taten. Dazu stülpten sie ihre Körper über ihre Opfer, sonderten Verdauungssäfte ab und sogen das sich auflösende Material unter Schmatzen und Schlürfen in sich auf. Die beiden Ghouls waren so in ihr schauriges Mahl vertieft, dass sie die Eindringlinge zunächst überhaupt nicht bemerkten.

Die Geisterjäger handelten, ohne sich groß absprechen zu müssen. Rissi und Malcolm holten jeweils eine Falsche mit Brennspiritus aus ihren Umhängetaschen. Dann sprangen sie vor und schütteten den Inhalt über den beiden amorphen Körpern der fressenden Ghouls aus. Erst jetzt bemerkten die Leichenfresser die ungebetenen Besucher. Sie bewegten sich von ihrem schauerlichen Mal weg und machten dabei Anstalten, wieder eine humanoide Form anzunehmen. Doch Ghouls in ihrer reinen Gestalt bei der Nahrungsaufnahme waren nicht so schnell wie Menschen auf zwei Beinen. Bevor sie dem Fünfertrupp gefährlich werden konnten, tat Michael ein paar rasche Schritte nach vorne und entzündete mit der brennenden Partyfackel den Brennspiritus. Der fing sofort

Feuer und hüllte die beiden Körper in eine Flammenwolke, vor der die Geisterjäger zurückweichen mussten.

Die Ghouls stießen schreckliche Laute aus, während das Feuer ihre zuckenden Leiber überzog. Pseudopodien bildeten sich, die wild hin und her tasteten, um zu versuchen, den Flammen zu entkommen. Doch es gab kein Entkommen! Das Feuer fand in der Gallertmasse reichlich Nahrung. Es brannte fast rauchlos, mit bläulicher Flamme, wie beim Verbrennen von reinem Alkohol, was Brennspiritus im Grunde ja auch war. Die brennende Masse verkohlte rasend schnell und zerfiel zu schwarzem Staub, während die Todesschreie der finsteren Kreaturen leiser wurden, und das Zucken ihrer Pseudopodien langsam aufhörte.

Crystal und ihr Trupp liefen schnell um die brennenden Körper herum und drangen in den Teil des Tunnels vor, der sich gegenüber der Tür befand, durch die sie in diesen unterirdischen Raum betreten hatten. Dieser Abschnitt schien tatsächlich in Richtung von Carrington Manor zu führen. Also behielt Mrs. Which letztendlich recht mit ihrer Vermutung über den Geheimgang aus dem Ort heraus.

«Zwei Ungetüme weniger ...», kommentierte Malcolm ihre Aktion trocken, während sie durch den unterirdischen Gang hasteten. «Zu spät für deren Opfer ...», fügte er mit bitter klingender Stimme hinzu.

«Wohl wahr, Malcolm», pflichtete ihm Crystal betrübt bei. «Von den Ermordeten wird nicht viel übrig geblieben sein, was man identifizieren könnte. Erst die Verdauungssekrete dieser Monster. Dann noch unser Feuer – mir tun die Verwandten und Freunde der Toten leid, die niemals erfahren werden, was mit ihren Lieben geschah. Die niemals damit abschließen können.»

«Hoffen wir, dass wir nicht auf noch mehr Tote stoßen!», sagte Michael entschlossen. «Wir müssen diesen Mistdingern soviel Opfer abjagen, wie es nur geht! Die haben schon zu viel Böses angerichtet!»

«Bereitet euch aber darauf vor, dass es nicht so leicht wird, wie bei diesen beiden Exemplaren eben!», mahnte Rolfhardt eindringlich. «Die waren abgelenkt durchs Fressen. Das machte sie träge. Wir haben das Moment der Überraschung auf unserer Seite, weil sie in ihrem Nest nicht mit einem Angriff rechnen. Das müssen wir nutzen!»

«Du machst mir ja Hoffnung ...», brummte Malcolm missmutig in seinen schwarzen Schnauzbart.

Mit mäßigem Tempo schlich die Gruppe vorwärts durch den dunklen Gang, in dem die Luft muffig und stickig war. Sie bemühten sich dabei, leise zu sein, da man sorgsam jedes überflüssige, laute Geräusch vermied, um ihre Gegner nicht schon vorab darauf aufmerksam zu machen, dass hier ,der Feind' anrückte. Es gab kein elektrisches Licht hier unten, so dass nur der Schein der Partyfackel die Dunkelheit erhellte. Rolfhardt, der an der Spitze lief, brauchte das Licht überdies sowieso nicht. Er konnte dank seiner Vampiraugen im Stockdunkeln so gut wie am Tage sehen.

Plötzlich traten die Geisterjäger auf einige Objekte am Boden, die unter ihren Füßen knirschten und brachen. Ein Geräusch, wie geschaffen, um Gänsehaut zu erzeugen.

Michael stieß einen kleinen Stoßseufzer aus. «Gott, will ich wirklich wissen, auf was wir da herumtreten?», sagte er leise. Selbst im Halbdunkel konnte man seine betretene Miene erkennen.

«Ich fürchte, es ist genau das, von dem ich auch denke, was es ist ...», wisperte Rissi bedrückt.

Als Michael die Fackel dann doch ein wenig absenkte, und die Männer zu Boden schauten, erblickten sie das Befürchtete: Überreste von menschlichen Skeletten! Kahl, bleich, ohne auch nur noch ein bisschen von Geweberesten. Direkt an der Wand des geheimen Ganges lagen zwei Totenschädel. Aus dunklen Augenhöhlen starrten sie den fünf

Eindringlingen entgegen. Erschauernd setzten sie ihren Weg fort.

Im weiteren Verlauf des unterirdischen Ganges zwischen dem Gasthaus und dem Landsitz stießen sie noch mehrmals auf die unheimlichen Hinterlassenschaften von Ghoul-Mahlzeiten. Mit jedem dieser Funde stieg die Wut der Geisterjäger auf die Finsterwesen. Trotzdem bemühten sie sich, ruhig Blut zu wahren. Denn Zorn war schon immer ein schlechter Ratgeber.

Der Weg durch die Finsternis des Tunnels schien endlos zu dauern, weil jede Möglichkeit fehlte, den zurückgelegten Weg einzuschätzen. Einzig Rolfhardt, mit seinem außerordentlichen Spürsinn, hatte die Orientierung nicht völlig verloren. Er versicherte seinen Freunden mehrmals, auf dem richtigen Weg zu sein und das Landhaus bald erreicht zu haben.

Tatsächlich gelangten sie nur wenig später an den Beginn einer steil aufwärts führenden Steintreppe, deren Stufen alt und ausgelatscht erschienen.

«Scheint so, als hätten wir nun am Ziel!», sagte Rolfhardt mit gedämpfter Stimme, während er leise die ersten Stufen nahm. «Jetzt wird es wirklich Ernst, Leute!»

Sie stiegen hintereinander die steinernen, ausgetretenen und steilen Steinstufen nach oben, sorgsam jedes laute Geräusch vermeidend. Es kam darauf an, die mörderischen Bewohner des Herrenhauses nicht frühzeitig zu alarmieren.

Dreißig Stufen später gelangten sie an eine schwere, eiserne Tür. Rolfhardt legte sein Ohr auf das rostige Metall und lauschte konzentriert nach jedem noch so kleinen Geräusch dahinter. Seine Gefährten warteten derweil gespannt ab und atmeten erst einmal erleichtert auf, als der weiße Vampir berichtete, dass hinter der Tür alles ruhig sei und sich mit ziemlicher Sicherheit niemand in näherer

Umgebung auf der anderen Seite des Metalls aufhielt.

«OK, ich mache die Tür jetzt auf!», wisperte der smarte Wiener und betätigte die Türklinke mit seiner rechten Hand.

Die unverschlossene Metalltür signalisierte den Geisterjägern, dass sich die Ghouls in ihrem Nest vollkommen sicher fühlten. Mit Eindringlingen rechnete hier in Carrington Manor niemand. Was durch die schreckliche Szenerie unterstrichen wurde, die sich Crystal und ihrem Trupp im angrenzenden Gewölbekeller bot.

In einer Ecke stapelten sich noch mehr menschliche Knochen. Auch hier lagen die Überreste der grässlichen Mahlzeiten der Leichenfresser achtlos auf dem Boden herum. An einer der Wände des Kellers gab es einen Kamin. Asche und verkohlte Knochenreste zeigten an, dass sie diesen dazu benutzten, um die Skelettreste zu verbrennen. Bei diesem Anblick konnte es selbst den hartgesottensten Ermittlern kalt den Rücken hinunterlaufen.

Die Truppe hielt sich jedoch nicht lange in dem Gruselgewölbe auf. Hier gab es niemandem mehr, dem man noch helfen konnte. Leise schlichen sie weiter. Sie drangen noch in zwei weitere Kellergewölbe vor. Einst zum Lagern von Lebensmitteln und Wein gedacht. Doch für derartige Dinge hatten die jetzigen Bewohner von Carrington Manor keine Verwendung, so dass die Gewölbe leer standen.

Also entschloss man sich, nach oben ins Erdgeschoss des Landsitzes vorzudringen. Sie gelangten in eine Eingangshalle mit Treppe und Zugang zu mehreren Räumen, die sie nun erkunden mussten. Hier stießen sie gleich im ersten Raum, in den sie vordrangen, auf die beiden entführten Kinder des jungen Ehepaares. Rasch trat Crystal an die Kinder heran, ging neben ihnen in die Hocke und nahm sie näher in Augenschein. Die Kinder schienen unverletzt zu sein, aber sie wirkten völlig apathisch und reagierten weder auf Berührungen oder Crystals leise Ansprache.

«Dem Himmel sei dank, ihnen ist noch nichts passiert», seufzte die Chefin der ESP Investigations erleichtert.

Michael versuchte auch noch einmal, die Kinder zu einer Reaktion zu bewegen. «Aber sie reagieren auf nichts. Sie sind völlig weggetreten!»

«Dafür sollten wir dankbar sein», entgegnete Crystal ernst. «So bekommen sie wenigstens nicht mit, was um sie herum geschieht!»

«Fragt sich nur, was wir jetzt tun sollen. Wenn es zum Kampf mit den Ghouls kommt, ist dies der letzte Ort, an dem die beiden sein sollten. Nicht, dass sie überhaupt hier sein sollten ...»

«Darüber habe ich auch schon nachgedacht. Wir müssen sie auf jeden Fall hier heraus schaffen!» Crystal überlegte kurz. «Rissi, Malcolm – schnappt euch die beiden Kinder, schafft sie durch den Gang ins Gasthaus zurück und kommt dann sofort wieder, um uns zu unterstützen. Rolfhardt, Michael und ich bleiben hier und nehmen den Kampf auf!»

«Wir werden fliegen, Chefin!», sagte Malcolm mit Nachdruck und grimmiger Entschlossenheit. «Los Rissi – schmeiß dir das Mädchen über die Schulter. Ich nehme den Jungen. Und dann: Beine in die Hand!»

Den beiden Männern kam zugute, dass die Kinder alles absolut teilnahmslos über sich ergehen ließen. Crystal und Rolfhardt würden sich später mit ihren besonderen Fähigkeiten um das Wohl der beiden kümmern. An erster Stelle stand jedoch nun, sie zu ihrer eigenen Sicherheit so schnell wie möglich aus dem Herrenhaus davon zu schaffen. Bei den unzweifelhaft hervorstehenden Auseinandersetzungen mit den Ghouls wäre sie nur ein Risikofaktor.

Sobald die beiden Männer mit den Kindern den Rückweg angetreten hatten, machten sich die verbliebenen drei daran, weiter ins Haus vorzudringen. Ihr erster Eindruck aus dem Zimmer mit den Kindern darin bestätigte sich rasch.

Alles sah schmutzig, staubig und heruntergekommen aus. Und es gab jede Menge Spinnweben. Über all dem lag ein muffiger, dumpfer Geruch. Rolfhardt fühlte sich unwillkürlich an die vielen Gruselfilme erinnert, in denen er als Komparse oder Kleindarsteller mitgewirkt hatte, in der Zeit, bevor er auf Crystal und seinen Ehemann Michael traf. Carrington Manor erfüllte in dieser Hinsicht voll das Klischee dieser Filme. Besonders verwunderlich erschien es allerdings nicht. Schließlich stand das Herrenhaus lange Jahre leer und verlassen. Die jetzigen Bewohner liebten den Verfall. Warum also sollten sie das Haus säubern?

Crystal, Michael und Rolfhardt erstarrten in ihrer Bewegung, als sie aus einem der anderen Zimmer des Erdgeschosses plötzlich Stimmen vernahmen. Es klang, als ob sich zwei Männer unterhielten. Doch es war schwer, die Worte der beiden zu verstehen, denn diese waren durchsetzt mit Schmatz- und Schlürflauten. So sprachen keine normale Menschen. Es musste sich also bei ihnen um zwei weitere Ghouls handeln.

Die Geisterermittler schlichen näher an die nur einen Spalt offen stehende Doppelschiebetür heran, um das Gespräch besser verstehen zu können.

«... wieso lassen wir nicht alle verrotten?», hörten sie daraufhin, wie einer der unsichtbaren Sprecher trotzig sprach. «Verhungern und verrotten, so wie wir es immer gemacht haben. Schönes, verwesendes Fleisch, das so lecker schmeckt!»

«Wenn wir unsere Labung vorher so richtig quälen, sie in Angst und Schmerz baden, schmeckt das Fleisch doch genauso köstlich. Wenn nicht sogar noch köstlicher! Und wir müssen nicht so lange auf unsere Mahlzeiten warten. Deswegen hat unser Familienelter die Folterung befohlen. Und hast du schon den anderen Grund vergessen?»

«Ja, die Teilung ...», antwortete die erste Stimme nach

einem kurzen Moment des Zögerns. «Wir sollen uns schnell mästen, weil wir uns in Kürze teilen werden. Deswegen quälen wir die Nahrung oben im ersten Stock. Wie all die anderen, die wir in diesen Tagen ernteten.»

«Wenn du es weißt, warum stellst du dann den Elter in Frage?» Die zweite Stimme klang vorwurfsvoll. «Er hat uns doch die Jungen als Leckerbissen in Aussicht gestellt. Nach der großen Teilung, die ein paar Tage andauert. Den Kindern saugen wir erst Blut ab, um sie zu schwächen, um sie dann verhungern und verrotten zu lassen, damit sie besonders süß schmecken! Unsere Nestbrüder im Saal drüben beginnen ja schon zu verschmelzen. Die große Vereinigung! Sie haben gefressen und sich dort zur Verschmelzungsorgie eingefunden. Lust und Ekstase erwarten uns. Unsere Körper werden sich mit all den anderen der Familie verbinden. Und wenn wir uns wieder trennen, sind wir doppelt so viele! Die Leichen der Kinder verzehren wir danach, als süße Belohnung für die anstrengende Teilung.»

«Du hast recht, Bruder», räumte die erste Stimme ein. «Wenn wir unsere Besinnung nach der Orgie wiederfinden, ist unsere Familie größer geworden. Der ganze Ort gehört danach uns. Dann können wir unsere Mahlzeiten wieder wie gewohnt verrotten lassen. Verzeih meinen Unwillen. Es mag daran liegen, dass ich noch keiner großen Vereinigung beigewohnt habe ...»

Crystal und die Männer zogen sich lautlos von der Tür zurück. Sie hatten genug gehört und tauschten bestürzte Blicke aus. Die Ghouls kamen tatsächlich zusammen, um sich zu vermehren! Die Vereinigung hatte offensichtlich auch schon begonnen. Die schlimmsten Befürchtungen traten damit ein. Das durfte unter keinen Umständen geschehen! Mit doppelt so vielen Leichenfressern wie vorher konnte man es nur schwer oder gar nicht mehr aufnehmen. Dem musste hier und jetzt ein Ende bereitet werden!

165

«Die wollen sich teilen! Habt ihr das gehört?», wisperte Michael den anderen bestürzt zu.

«Ja ...», bestätigte Crystal, nicht minder betroffen wie der schlanke Deutsche. «Das bedeutet für uns aber auch, dass nahezu alle Ghouls hier an einem Fleck versammelt sind.» Sie deutete auf ein breites Doppelportal am anderen Ende der Eingangshalle. «Da drüben! Das muss sich dieser Saal befinden, von dem die beiden Ekelpakete hinter der Tür sprachen.»

Rasch und auf leisen Sohlen näherten sie sich dem hölzernen Portal. Schon einige Schritte davor vernahmen sie eine Reihe undefinierbarer Geräusche. Sie tauschten untereinander fragende Blicke aus, weil sie so etwas zuvor noch nie vernommen hatten. Man konnte dabei am ehesten an träge Flüssigkeiten denken, die in einem Bottich hin- und her schwappten.

«Ich werde versuchen, herauszufinden, was hinter der Tür vor sich geht!», flüsterte Rolfhardt und war mit einem Schritt an der Tür, die er behutsam nur so weit öffnete, dass er gerade eben so mit einem Auge durch den schmalen Spalt einen Blick in den Raum dahinter werfen konnte. Das tat er auch nur für einen winzigen Augenblick, was dem weißen Vampir aber ausreichte, das Geschehen im Saal dahinter zu erfassen. Niemand bemerkte die Aktion, nach der der Wiener die beiden Portale ebenso leise wieder schloss, wie er sie geöffnet hatte.

«Und?» Michael schaute seinen Mann mit unverhohlener Neugier an.

«Die da drin werden uns nicht gefährlich sein», berichtete der mit einer gewissen grimmigen Erleichterung im Blick. «Das ist eine einzige große, amorphe Masse, die hin- und her wogt, wie Meereswellen. Eine Art Super-Amöbe. Aber so als einzige Masse sind sie nicht handlungsfähig. Sie müssten sich erst wieder von einander lösen und ihre

Aktionskörper ausbilden.»

«Das heißt, wir kümmern uns zuerst um die anderen Ghouls hier im Haus», fasste Crystal zusammen. «Wenn die ausgeschaltet sind, können wir uns in aller Ruhe der Orgie hinter dem Portal widmen.»

«Und wie gehen wir vor?», fragte Michael in die Runde.

«Wir versperren die Tür mit den beiden Unwesen dahinter», bestimmte Crystal. «Anschließend müssen wir zuerst nach oben in den ersten Stock. Wir haben ja gehört, dass dort Leute gequält werden. Das ist das dringlichste Problem. Danach kümmern wir uns um die beiden und die vereinigten Ghouls hier unten. Einverstanden?»

«Na klar!», stimmte Rolfhardt sofort zu.

Und auch Michael nickte bestätigend. «Aber wie bekommen wir die Türen verschlossen? Es wäre doch fatal, wenn die Monster dahinter uns in den Rücken fallen!» Der smarte, schlanke Mann schaute die beiden anderen fragend an.

Rolfhardt blickte sich suchend um. «Dort neben der Eingangstür, an den Fenstern!», wisperte er und sprang mit katzenhaft leisen Schritten hinüber. Da sahen Crystal und Michael auch sofort, was er gesehen hatte. Die alten, staubigen Vorhänge dort besaßen dicke, kräftige Kordeln, von denen der jungenhaft wirkende Vampir einige abriss und damit nacheinander zu den jeweiligen Doppeltüren eilte, hinter welchen sich die beiden Ghouls und die große Vereinigung von diesen aufhielten.

So sachte wie möglich zog er die Hälften der Doppelschiebetüren zusammen. Dann steckte er die Kordel durch die massiven, eisernen Türgriffe und verknotete sie so fest wie er nur konnte.

«So ...», wisperte er zufrieden. «Das bekommen diese Monster nicht so schnell wieder auf. Die größte Gefahr könnte von der Vereinigung drohen, wenn sich die wogende

Körpermasse gegen die Tür wirft, um sie aufzubrechen. Hoffen wir, dass es in deren jetzigen Zustand nicht dazu kommt, weil sie als vereinigte Massen nicht mehr klar denken können. Wir sollten uns trotzdem beeilen. Also los! Hoch in den ersten Stock!»

Leichtfüßig huschten die drei durch die große Halle des Erdgeschosses und anschließend eine breite, wuchtige Steintreppe ins erste Stockwerk nach oben. Die anschwellende Geräuschkulisse aus dem Saal des Herrenhauses, in dem die Vereinigung der Ghouls stattfand, half ihnen dabei. Sie übertönte die leisen Schrittgeräusche der ungebetenen Gäste.

Im ersten Stock angekommen, fanden sich Crystal, Michael und Rolfhardt auf einer Art Galerie wieder, die U-förmig die einzelnen Zimmer und abzweigenden Gänge des Stockwerks verband, und zur Eingangshalle mit einer massiven Holzbrüstung versehen war. Dort oben verharrten sie für einige Momente, um zu lauschen.

Die Geräusche der widerlichen Orgie im Erdgeschoss drangen nur noch gedämpft bis hier nach oben. Dafür konnten sie von der linken Seite der Galerie her etwas anderes vernehmen.

«Das hört sich wie Schläge an ...», flüsterte Rolfhardt seinem Mann und Crystal zu, nachdem er einen Moment lang intensiv gelauscht hatte. «Schläge und schmerzerfülltes Stöhnen. Das ist unser Ziel!» Er deutete auf eine Tür am Ende der linken Galerie. Diese stand einen Spalt offen, und von dort drangen die besorgniserregenden Geräusche heraus. Rolfhardt bedeutete seinen Gefährten mit einer kurzen Geste, ihm zu folgen. Eilends huschten sie über das mit einem schmutzstarrenden Teppich ausgelegte Parkett der Galerie zu deren linken Seite hinüber.

Aus dem Türspalt drangen mehrere der mit Schmatz- und Schlürflauten unterlegten Stimmen von Ghouls an die

Ohren der Lauscher. Man konnte sie nur schwer auseinanderhalten. Rolfhardt lauschte kurz voll konzentriert, und hob dann vier Finger seiner rechten Hand. Damit deutete er die Anzahl der Gegner an, die sie auf der anderen Seite der Tür erwarteten. Anschließend vollführte er eine kleine Geste, mit der er seine Freunde aufforderte, mit ihm ein paar Schritte beiseite zu treten.

«Da wir in der Unterzahl sind, werde ich meine Vampirgestalt annehmen», wisperte er den beiden zu. Vor allem Michael merkte seinem Mann an, dass ihm das sehr unangenehm war. Er zeigte sich ihm nicht gerne in dieser Gestalt, in der er deutliche größere Ähnlichkeit mit den finsteren Darstellungen von bösen Vampiren in Schrift und Bild besaß. Obwohl Michael Rolfhardt schon mehrfach versicherte, dass ihm das nichts ausmache und er ihn trotzdem liebe. Außerdem war das in dieser Situation mehr als sinnvoll. In seiner Vampirgestalt verfügte Rolfhardt über weitaus größere Körperkräfte und Widerstandsfähigkeit, als normaler Sunnyboy, sprich, der hübsche, sympathische Kerl aus dem Nachbarhaus.

«Nur zu, mein Schatz!», ermunterte Michael daher seinen Ehemann. «Zeig es diesen leichenfressenden Gallertkumpanen! Wir folgen dir auf dem Fuße!»

«Mit Brennspiritus, Fackeln, Brenner und Deoflammenwerfer heizen wir denen ordentlich ein!», bekräftigte Crystal den bevorstehenden Einsatz.

Rolfhardt nickte den beiden dann noch einmal zu, bevor er mit der Metamorphose begann. Es besaß eine schreckliche Faszination zu sehen, wie schnell sich diese Verwandlung vollzog. Das Gesicht des Wieners wurde kantig und erhielt einen harten Ausdruck. Die Wangenknochen traten stark hervor, die Augen begannen rot zu glühen. Die oberen und unteren Eckzähne schossen in die Länge und wurden nadelspitz. Rolfhardt Hände bekamen längere Finger und rasiermesserscharfe Fingernägel, wie eisenharte Krallen geformt. Damit konnte er selbst dickes Blech aufschlitzen. Wer den smarten, äußerst liebenswürdigen Österreicher nicht kannte, konnte bei dem Anblick ohne weiteres in Panik ausbrechen. Michael musste in diesem Moment an ihr erstes Zusammentreffen denken, als er und Crystal vor Blair House in einen Kampf mit Wolfsbestien verwickelt waren. Rolfhardt hatte ihnen in seiner Vampirgestalt damals das Leben gerettet. Da hatte Michael noch panisch reagiert. Doch jetzt fühlte er sich sicherer. Wie die Umstände sich doch ändern konnten!

Sie bewaffneten sich aus ihren Umhängetaschen mit Königswasser, also dem Gemisch aus Salz- und Salpetersäure, Küchenbrennern, Brennspiritus und Deoflaschen, die man als Mini-Flammenwerfer einsetzte. Nachdem alle ihre Bereitschaft signalisierten, gab Rolfhardt das Kommando zum Angriff.

Mit einem heftigen Fußtritt stieß der weiße Vampir die Zimmertür auf und sprang mit einem mächtigen Satz mitten in den Raum dahinter hinein, dicht gefolgt von Crystal und Michael. Ohne Verzögerung stürzte sich Rolfhardt auf zwei der Ghouls, die in ihrer menschlichen Gestalt zwei auf einem Stuhl gefesselten Männer traktierten. Mit einem wütenden Fauchen schlug der Geisterjäger seine Krallenhände in die beiden Ghouls und riss sie, von seinem eigenen Schwung getragen, dabei fort von den Männern, und hinab auf den Boden, wo sich sogleich ein wüstes Gerangel entwickelte.

Insgesamt fand die Truppe von ESP Investigations sieben Opfer vor, darunter auch Clara Harding, die nette, ältere Dame aus dem ‚White Ghost Inn‘. Glücklicherweise lebte sie noch, wie Crystal mit einem schnellen Blick feststellte. Weitere drei der restlichen Opfer, alles Männer im Alter zwischen 25 und 60 Jahren, schienen noch am Leben zu sein.

Was man traurigerweise von den restlichen drei

männlichen Opfer nicht behaupten konnte. Man sah sofort, dass diese ihren schweren Verletzungen, die sie am ganzen Körper aufwiesen, erlegen waren. Die beiden anderen Ghouls beschäftigten sich gerade damit, die Toten von ihren Stühlen loszubinden und auf den Boden zu legen, als der Angriff durch die Geisterjäger startete.

Das Trio überraschte die Monster total mit ihrer Aktion. Bevor diese auf die neue Situation auch nur im Ansatz reagierten, hatte Crystal schon die Flasche mit dem Königswasser über einen der beiden verschüttet. Das Säuregemisch fraß sich sofort zischend und qualmend in das weiche Körpergewebe des Ghouls, der waidwund aufkreischte und dabei wild um sich schlug. Die Säure konnte er damit natürlich nicht wegwischen. Aber er verspritzte dadurch einige Tröpfchen, die deswegen auf Crystal und Michael landeten und sich in ihre Kleidung fraßen. Doch darauf konnten die beiden Jäger keine Rücksicht nehmen.

Michael schüttelte dem zweiten Ghoul den Brennspiritus ins Gesicht und hielt mit einer schwungvollen Bewegung der anderen Hand den Küchenbrenner an den Alkohol, der sofort Feuer fing und den Kopf des Finsterwesens in Flammen hüllte. Dieses stieß ein kehliges Gurgeln aus und fing an, wie sein Kompagnon heftig um sich zu schlagen, ohne jedoch damit die Flammen, die sich vom Kopf aus nach unten weiterfraßen, löschen zu können.

Mit einem Sprung versuchte Michael, sich außer Reichweite des tobenden Monsters zu bringen, was ihm jedoch nicht ganz gelang. Tröpfchen von sich auflösender Körpermasse des Ghouls spritzten auf Kleidung und ungeschützte Körperstellen. Dort bildeten sich sofort rote Flecken und kleine, schmerzhafte Bläschen. Schließlich sonderten Ghouls ja selbst eine Art Säure in Form von Verdauungssekret ab. Crystal und Michael mussten sich gehörig vorsehen, nicht noch mehr abzubekommen und gleichzeitig aber den beiden Leichenfressern weiter zuzusetzen. Deshalb setzten sie nun Deospraydosen als Mini-Flammenwerfer ein, wobei sie wild um die um ihr Leben kämpfenden Finsterwesen herumtanzten. Mal kamen sie näher, dann sprangen sie wieder weg. So ließen sie den beiden keine Gelegenheit, sich dem Angriff des paranormalen Ermittlertrios auf irgendeine Weise zu entziehen. Mehr als einmal gerieten die Geisterjäger ernsthaft in Bedrängnis und konnten gerade noch so einem Zusammenprall mit den Ghouls entgehen.

Währenddessen rang Rolfhardt heftig am Boden mit den beiden anderen Ghouls. In dem wüsten Durcheinander von Leibern war kaum zu erkennen, wer sich gerade wo befand, und wer die Oberhand hatte. Die Ghouls setzten ihr Verdauungssekret gegen den Vampir ein. Doch in dieser Gestalt konnten sie Rolfhardt damit kaum etwas anhaben. Rote Blasen heilten sich selbst, kaum das sie erschienen. Lediglich die Kleidung des Wieners litt merklich.

Langsam, Stück für Stück, gewann der weiße Vampir die Oberhand. Mit seinen rasiermesserscharfen Nägeln riss er immer größere Stück der Körpermassen aus den Ghouls heraus, die in hohem Bogen durch den Raum sausten und gegen Decke, Wände und auf den Boden klatschten. Wie durch ein Wunder verfehlten die Brocken seine Kollegin und seinen Mann. Und auch die noch lebenden Opfer der Ghouls blieben glücklicherweise weitgehend verschont. In dem Zustand, in welchem sie sich befanden, bekamen sie von dem um sie herum tobenden Kampf außerdem so gut wie nichts mit. Das war das einzig Gute in ihrer momentanen Verfassung.

Die Ghouls, mit denen sich Crystal und Michael eine heftige Auseinandersetzung führten, versuchten immer wieder, zur Tür zu gelangen. Doch die beiden Geisterjäger trieben sie mit den Spraydosen-Flammenwerfern sowie weiteren Spritzern mit Königswasser und Spiritus immer wieder zurück.

Es schien eine kleine Ewigkeit zu dauern, doch dann brachen die Leichenfresser zusammen, hauchten ihr Leben aus und schickten ihre schwarzen Seelen direkt in die Hölle zurück.

Unterdessen hatte auch Rolfhardt die Oberhand über seine beiden Gegner errungen. Er riss immer größere Stücke aus der Gallertmasse ihrer Körper heraus, die wie Amöben über den Zimmerboden krochen. Doch bevor sie sich wieder vereinigen konnten, waren Michael und Crystal heran. Sie setzten auch hier Brennspiritus und Feuer ein, so dass in kürzester Zeit mehrere kleine und größere Brandherde auf dem alten Parkettboden des Zimmers vor sich hin kokelten. Dann waren auch die beiden letzten Ghouls in dem Raum ausgeschaltet.

Rolfhardt rappelte sich auf und erhob sich wieder. Er, beziehungsweise seine Kleidung, sah ziemlich ramponiert aus. Die Verdauungssäfte der Unwesen hatten kleine und größere Löcher hineingefressen, so dass der Wiener im Lumpenlook daher kam. Doch das störte ihn nicht weiter. Im Kampf gegen die Finstermächte durfte man sich von solchen Nebensächlichkeiten nicht beeindrucken lassen. Der Wiener Vampir war nicht einmal außer Atem geraten.

Rasch half er seinem Ehemann und Crystal dabei, die Spuren von den Gallert- und Säuretröpfchen auf deren Haut zu beseitigen, bevor sich diese weiter ins Gewebe fraßen. Danach schnauften sie erst einmal tief durch.

«Ich habe noch ganz zitterige Knie ...», gestand Michael ein, woraufhin Rolfhardt ihn fürsorglich umarmte. «Dabei ist es nicht einmal unser erster Ghoul gewesen. Aber gleich zwei davon vor einem brennen zu sehen und schreien zu hören – das ist dann doch noch eine ganz andere Nummer!»

«Das geht einem ziemlich unter die Haut!», gab auch Crystal, noch etwas atemlos vom Höllentanz mit der Höllenkreatur, zu. «Aber wir dürfen nicht vergessen, dass diese Monster keine Skrupel hatten, Menschen zu foltern und zu töten, um mehr Genuss beim verspeisen ihrer Leichen zu haben. Das ist abartig und pervers. Und geht weit über das hinaus, was Ghouls normalerweise tun.»

«Sehe ich auch so!», pflichtete Rolfhardt der Londonerin bei. «Diese Art der Menschenjagd ist atypisch. Ich stelle mir die Frage, ob sie irgendwie aufgehetzt oder aufgestachelt wurden, so zu handeln. Doch zu welchem Zweck? Sie müssen sich jedenfalls sehr sicher gefühlt haben, um derart aktiv auf die Jagd zu gehen, anstatt sich auf den Friedhöfen gütlich zu halten. Stellt euch nur mal vor, wie es hier zugegangen wäre, wenn wir Upper Hamersham nicht besucht hätten? Zu wie vielen Morden wäre es dann noch gekommen?»

«Darüber können wir uns später den Kopf zerbrechen!», sagte Crystal dann ernst. «Jetzt müssen wir erst einmal Mrs. Harding und die anderen Überlebenden hier raus schaffen. Immerhin befinden sich noch mehr Ghouls hier im Nest. Von der Riesenmasse im großen Saal ganz zu schweigen.»

«Das sind ja bisher nur die beiden, die wir unten eingesperrt haben», meinte Michael optimistisch. «Wir haben hier vier von denen ausgeschaltet, da werden wir es doch mit zwei weiteren aufnehmen können!»

«Nicht leichtsinnig werden, mein Herzblatt!», mahnte dagegen Rolfhardt. «In dem einen Zimmer sind es nur zwei gewesen. Im großen Saal aber viele. Wir wissen nicht, wie schnell die wieder ihre Gestalt annehmen können. Vielleicht haben sie schon etwas gemerkt. Außerdem können sich immer noch weitere Ghouls im Herrenhaus aufhalten. Lasst uns vorsichtig erst einmal die Lage sondieren, bevor wir unsere Überlebenden hier herausschaffen. In ihrem Zustand wird das sowieso nicht einfach sein! Die vier werden sich kaum auf den Beinen halten können!»

Er wollte noch etwas hinzufügen, aber da drang

plötzlich aus der Eingangshalle Lärm und Gepolter, gemischt mit wüsten Schreien nach oben in den ersten Stock. Das Trio aus London schaute sich verblüfft und alarmiert zugleich an.

«Was ist denn da los?», rief Michael erschrocken. «Ob sich die Ghouls unten befreit haben?»

«Nachsehen!» Rolfhardt sagte nur das eine Wort und eilte sogleich aus dem Zimmer auf die Galerie hinaus. Crystal und sein Mann folgten ihm auf dem Fuße. Draußen bot sich ihnen ein erstaunliches Bild unten in der Eingangshalle.

«Lizzie?», stieß Michael einen überraschten Ruf aus, während er ungläubig auf die Szenerie ein Stockwerk tiefer starrte. Rolfhardt hob ebenfalls erstaunt eine Augenbraue, derweil Crystal mit Faust und Arm die ‚YES!'-Geste machte und sagte: «Mir scheint, die Kavallerie ist da!»

«Wohl eher die Ghostbusters!», entfuhr es Michael, der sich an den Kopf griff, als könne er nicht begreifen, was er da sah.

Die beiden Ghouls hatten sich tatsächlich aus ihren Zimmern befreit, wie die zum Foyer hin aufgebrochenen Schiebetüren bezeugten. Auch die große Doppeltür zum Saal hatten augenscheinlich dem Druck von innen her nicht standgehalten. Eine gelblich-schleimige Gallertmasse wälzte sich träge daraus hervor, aus denen bereits erste noch rudimentär ausgebildete Oberkörper aufragten. Ghouls, sich zu formen in Begriff, ohne Kopf und mit Armstümpfen, die langsam in die Länge wuchsen.

Ihnen stellten sich vier Personen in grauen Monteur-Overalls entgegen: Michaels Schwester Elisabeth, Anna Mulgraw, Bruder Jonathon und Harrison Steerling. Die beiden Frauen trugen Pumptornister auf ihren Rücken, mit einer Hand pumpten sie, mit der anderen richteten sie den Sprühstab auf die beiden Ghouls und die Masse der großen Vereinigung, die aus dem Ballsaal wogte. Dem Geruch nach handelte es sich dabei um Benzin. Jonathon und Rissi schwangen lodernde

Partyfackeln, mit denen sie das Benzin-Luftgemisch in Brand steckten.

«Nehmt das, ihr Bestien!», hörte ein völlig verblüffter Michael seine Schwester ihre Gegner anschreien. «Euch gebe ich es, ihr ekelhaftes Gezücht! Statt Kinder bekommt ihr nun Benzin zu fressen! Na? Schmeckt auch das?»

«Deine Schwester zeigt es denen aber!», meinte Crystal mit respektvollem Unterton in der Stimme, begleitet von einem Kopfnicken in Richtung des Erdgeschosses

«Sie ist Erzieherin ...», antwortete Michael achselzuckend. «Wenn es um Kinder geht, kennt sie nix!»

Dann lehnte er sich über die Brüstung der Galerie und machte durch heftiges Winken auf sich aufmerksam.

«He, Lizzie ...», schrie er seiner Schwester zu. «Sprüht vor allem Benzin über die Riesenmasse an Ghoul-Gallerte. Und in jeden anderen Raum! Wir müssen das ganze Herrenhaus abfackeln, damit nichts von diesem Monsternest übrig bleibt!»

«Alls klar, Bruderherz!», antwortete Michaels Schwester. «Das Haus wird lichterloh brennen! Gibt es noch Überlebende?»

«Ja, hier oben. Wir schaffen sie runter und legen dann hier oben ebenfalls Feuer!»

Elisabeth Fux machte das OK-Zeichen mit dem linken Daumen und setzte dann mit Anna und Rissi den feurigen Angriff fort. Jonathon kam die Treppe hinaufgeeilt, um den anderen zu helfen, die Überlebenden hinunter zu schaffen. Außerdem mussten sie noch rasch alle anderen Zimmer nach weiteren Opfern absuchen. Es wäre tragisch gewesen, hätte man einen übersehen. Diese Aufgabe übernahm Crystal, die, solange die Männer mit dem Transport von Clara Harding und den drei unbekannten männlichen Opfern beschäftigt waren, rasch von Zimmer zu Zimmer eilte.

Es schien eine Ewigkeit zu dauern, bis die Geisterjäger

mit den vier Überlebenden den Treppenabgang zum unterirdisch verlaufenden Fluchttunnel erreicht hatten. Clara Harding und die Männer konnten kaum eigenständig stehen, geschweige denn laufen. Die Folter durch die Ghouls hatte deutliche Spuren hinterlassen. Deswegen nahmen sie überhaupt nicht wahr, was um sie herum geschah. Was allerdings wieder zum Segen für diese Menschen geriet, als sie das Erdgeschoss durchquerten, wo der Kampf gegen die Ghouls tobte. Die beiden brennenden Leichenfresser und die wogende Masse der großen Vereinigung boten einen Anblick, der einem das Blut in den Adern gefrieren lassen konnte. Die schrecklichen Schreie und Laute, die die Finsterwesen ausstießen, trugen ihr Übriges dazu bei.

Zuerst verendeten die beiden Einzelwesen, die dem Feuerangriff aus den Benzinspritzen und Fackeln nichts entgegenzusetzen hatten. Sie sanken im Eingangsbereich des Zimmers, aus dem sie ausgebrochen waren, zu schmelzenden und kokelnden Gallertklumpen zusammen, wobei sie mehr und mehr ihre menschliche Form einbüßten. Den Rest würde das Feuer erledigen.

Die Vorhänge und das Mobiliar des Zimmers hatten ebenfalls schon Feuer gefangen. Auch Parkett und Decke standen bereits in Brand. Das trockene, alte Material und die verstaubten Möbel wirkten dabei wie Brandbeschleuniger. Die gierig züngelnden Flammen griffen zügig um sich, der Vollbrand war nur noch eine Frage von Minuten. Daher konzentrierten Elisabeth und Anna nun ihre Anstrengungen auf den großen Saal, aus dessen aufgebrochenen Türen die scheußlich Gallertmasse vor – und zurück wogte. Hier sprühten sie besonders gründlich das Benzin auf und versuchten, durch mehr Druck beim Pumpen die hoch entflammbare Flüssigkeit so weit wie möglich in den Raum und auf die riesige, schleimig anmutende Körpermasse der vereinigten Ghouls zu sprühen. Sofort sprangen die Flammen zu den neu benetzten Stellen. Auch hier erwies sich, dass das gallertartige Gewebe der Leichenfresser, einmal in Brand gesetzt, fast unmöglich gelöscht werden konnte. Was diesen widerlichen Kreaturen nun zum finalen Nachteil gereichte. Von der Ghoul-Masse sprangen die Flammen bereits auf Decke, Wände und Einrichtung über. Es loderte auf breiter Front auf im gesamten Saal auf.

«Das reicht hier, Mädels!», schrie Rissi, gegen den Lärm der lodernden Flammen und dem Gekreische der sterbenden Ghouls anschreiend. «Lasst uns noch in allen anderen Räumen des Erdgeschosses Feuer legen, damit dieses Leichenfresser-Nest mit Stumpf und Stiel dem Erdboden gleichgemacht wird!»

Die beiden Frauen signalisierten, dass sie Rissi verstanden hatten, und folgten dem rothaarigen Briten in andere Bereiche des Erdgeschosses. Währenddessen eilte Michael wieder in den ersten Stock zu Crystal und informierte sie, dass er noch rasch im Obergeschoss nach weiteren Opfern oder Ghouls Ausschau halten wollte nachdem Crystal dies in dieser Etage bereits erledigt hatte.

«Gut, mach das, Michael», stimmte seine Chefin zu. «Aber beeile dich. Ich habe in allen Zimmern, in denen ich war, bereits Feuer gelegt. Das alte Zeug hier brennt wie Zunder. Es wird nicht lange dauern, bis sich das ausbreitet. Wenn sich die Flammen von unten mit denen von hier oben vereinen, brennt das Herrenhaus lichterloh! Du musst wieder unten sein, bevor der Treppenabgang unpassierbar wird!»

«Ist gut, ich flitze wie der Wind!», rief Michael und spurtete die Treppen zum Obergeschoss hinauf.

Crystal wartete derweil am Treppenabsatz auf ihn, wobei sie sorgfältig das Feuer unter ihr und aus den Zimmern des ersten Stocks im Auge behielt, um sofort Alarm schlagen zu können, wenn es zu brenzlig werden sollte.

Nach ein paar Minuten wuchs ihre Besorgnis, denn die

Flammen rückten schnell näher. Auch vom Erdgeschoss her schlugen diese immer höher. Es wurde spürbar wärmer, während mehr und mehr Rauch das Atmen erschwerte. Rissi, Anna und Michaels Schwester hatten sich bereits zum Kellerabgang zurückgezogen, wo Bruder Jonathon und Rolfhardt mit den vier Geretteten auf sie warteten.

Crystal konzentrierte sich fest auf Michael, und nach einer kurzen Anstrengung schaffte sie es, die gedankliche Verbindung aufzubauen, die sie seit ihres ersten Zusammentreffens im Haus des schwarzen Earls von Cadwrigham besaßen.

«Michael, hörst du mich?», fragte sie den Freund auf diese übersinnliche Weise. «Wo steckst du? Hier wird es im wahrsten Sinne des Wortes langsam brenzlig!»

«Ich komme gleich ...», drangen Michaels Gedanken in Crystals Kopf. «Hier oben gibt es eine Menge an brennbarem Zeug. Ich lege gerade noch ein paar wunderbare Feuerchen ...»

«Schluss damit!», wies ihn die rotmähnige Britin energisch an. «Die Flammen erreichen in Kürze die Treppen. Mach, dass du die Beine in die Hand nimmst. Ich bezweifle, dass dein Mann dich gut durchgebraten bevorzugt!»

«OK, bin auf dem Weg!», lautete die knappe Antwort des ehemaligen Versicherungsvertreters.

Doch die Minuten zogen sich hin. Das Feuer trennte nun nur noch wenige Schritte von den Treppen-Auf- und Abgängen. Man konnte mit Fug und Recht behaupten, das die Chefin der Geisterermittler wie auf glühenden Kohlen stand. Sie sandte noch einmal einen dringenden, gedanklichen Appell an ihren jungen Freund und Kollegen. Schon kam Rolfhardt voller Sorge aus dem Erdgeschoss nach oben gestürmt.

«Wo bleibt ihr beiden denn?», wollte er mit vorwurfsvollem Ton wissen. «Nicht mehr lange, und die

Flammen schneiden uns den Weg ab!»

«Es liegt an deinem Mann!», entgegnete Crystal, nicht weniger beunruhigt. «Er ist in den oberen Räumen nachsehen gegangen. Ich habe ihn schon mehrmals aufgefordert, sofort zurückzukommen. Aber wie du siehst, ist er noch nicht hier!»

«Ich gehe ihn holen!», sagte Rolfhardt sofort, wie aus der Pistole geschossen. Er würde seinen Ehemann niemals so einfach zurücklassen.

Schon sprang er die ersten Stufen nach oben, als Michael endlich die Treppe herabgeeilt kam.

«Ich bin da, ich bin da!», rief er seinem Mann entgegen. Und an Crystal gewandt sagte er: «Entschuldige, dass es so knapp wurde. Aber da oben gab es so viele kleine Zimmer. Und einen kurzen Blick auf den Dachboden habe ich auch noch geworfen. Nur um ganz sicher zu sein, nicht noch jemanden zu übersehen. Da gab es dafür jede Menge an Brennbaren. Doch lasst uns jetzt lieber abhauen. Es wird langsam ziemlich heiß hier ...»

Dagegen hatte niemand etwas einzuwenden. Also stürmten sie zu dritt die breite Treppe ins Erdgeschoss hinunter. Dann eilten sie zum Abgang in den Keller, wo am Beginn des unterirdischen Ganges Elisabeth Fux und Anna Mulgraw auf sie wartete.

«Jonathon und Rissi sind schon mit zwei der überlebenden Männer vorgegangen», empfing Anna ihre Kollegen. «Jonathon meinte, ihr sollt Mrs. Harding und den dritten Mann mitnehmen. Elisabeth und ich werden dann den Abschluss bilden und vorher noch im Keller ordentlich das restliche Benzin versprühen, damit Carrington Manor wirklich in Staub und Asche versinkt!»

Michael grinste seine Schwester an und umarmte sie kurz. «Du machst dich gut als Ghostbuster, Schwesterchen!», sagte er nicht ohne Stolz.

«Ich konnte nicht länger einfach nur herumsitzen und

abwarten!», entgegnete Lizzie. «Immerhin haben diese Mistviecher mich und meine Familie direkt angegriffen. Außerdem weiß ich nun besser Bescheid, mit was du und deine Kollegen sich herumschlagen müsst. Respekt, lieber Bruder, Respekt! Und nun hilf Crystal mit Mr. Harding. Wir decken den Rückzug ab. Hier hast du eine von unseren Fackeln. Rolfhardt braucht ja keine, der kann ja im Dunkeln sehen.»

Sie nickte Michael noch einmal kurz zu, der dann zusammen mit Crystal den Transport der älteren Dame übernahm. Rolfhardt hatte sich den dritten der Männer über die Schulter geworfen und marschierte mit ihm Richtung «White Ghost Inn» davon. Derweil kehrten Anna und Elisabeth noch einmal kurz in den Keller zurück, wo sie das restliche Benzin aus ihren Pumptornistern versprühten. Dann setzten sie die brennbare Flüssigkeit mit der verbliebenen Fackel in Brand und eilten der Gruppe hinterher.

Bald darauf erreichten sie zusammen mit den anderen und den geretteten Ghoul-Opfern wieder die verzweigten Katakomben unter dem Gasthaus, welches von Michael so treffend als ‚Gasthaus zum grinsenden Tod' bezeichnete. Sie verschlossen die Geheimtür und verkeilten sie so, dass man sie unmöglich öffnen konnte, ohne vorher die Blockaden wieder entfernt zu haben. Zugleich verhinderten sie damit, dass sich Feuerrauch, der langsam durch den unterirdischen Gang zog, im Gasthaus ausbreiten konnte.

Dieses zeigte sich verwaist. Zumindest, was Ghouls anbelangte. In den Wirtschaftsräumen des Erdgeschosses fand man zwei Zimmermädchen und etwas Küchenpersonal vor. Die Angestellten machten einen verwirrten, benommenen Eindruck. Vergleichbar wie bei Menschen, die nach einer schweren und langwierigen Operation langsam wieder zu Bewusstsein kamen. Es zeigte, dass die mentale Beeinflussung, welche den Ort in ihren Bann geschlagen hatte, abzuflauen begann. So etwas wie hier würde sich demnach nun überall in Upper Hamersham abspielen.

«Wir müssen Mrs. Harding und die drei Männer zu einem Arzt schaffen!», sagte Crystal. «Die haben einiges mitgemacht und brauchen medizinische Hilfe. Im Foyer gibt es Verzeichnisse, da stehen sicher auch die ärztlichen Praxen des Ortes drin.»

«Wenn ihr mir helft, die vier in eines unserer Autos zu verfrachten, dann übernehme ich das», bot sich Rissi an.

«Natürlich helfen wir dir!», sagte Crystal zustimmend. «Während du unterwegs bist, überzeugen wir uns derweil davon, dass Carrington Manor wirklich in Flammen steht. Und wir müssen verhindern, dass die Feuerwehr den Brand zu früh löscht. Allerdings denke ich, dass es noch ein Weilchen dauert, bis die Männer und Frauen der Feuerwehr wieder in der Lage sind, so klare Gedanken zu fassen, dass sie sich aufrappeln und zum Herrenhaus abrücken.»

«Da gibt es noch etwas zu bedenken ...», warf Michael ein. «Was erzählen wir der Polizei? Die wird sicherlich bald auf den Plan treten. Allein schon wegen des Brandes. Und es gab immerhin etliche Tote. Wer weiß, wie lange die Ghouls hier schon ihr Unwesen trieben. Dass es Ermittlungen gibt, steht völlig außer Frage!»

Crystal seufzte tief. «Die Crux in unserem Metier. Die Wahrheit glaubt man uns nicht, weil keiner Einblick in die komplizierte Welt des NEGEM hat. Am besten bitten wir Rissi und Malcolm ihren Freunde beim Yard zu kontaktieren, DCI Maddigan. Er hat schon mit uns zu tun gehabt und ist am ehesten geneigt, uns zu glauben.»

«Wir können die Geschichte ja leicht abwandeln», schlug Rolfhardt vor.

«An was denkst du dabei?», erkundigte sich Michael.

«Das wir im Urlaub auf die Machenschaften einer satanischen Sekte gestoßen sind. Die bei ihren finsteren Riten mit Menschenopfern versehentlich das Herrenhaus in Brand gesteckt haben, gerade in dem Moment, als wir vier ihrer Opfer retten und bergen konnten.»

«Hört sich glaubwürdiger an, als wenn wir von einem Ghoul-Nest berichten», meinte Crystal überlegend. «Das mit den Leichenfressern nimmt uns sonst wohl kaum jemand ab. Vielleicht können wir Maddigan später noch das wirkliche Geschehen schildern. Damit er versteht, um was es wirklich bei unserer Arbeit geht.»

«Unbedingt!», stimmte Michael zu. «Einen Verbündeten bei der Polizei zu haben, kann nur von Vorteil sein. Bisher belächelt er uns ja eher als Para-Ermittler. Wird ein Schock für ihn sein, wenn wir ihm die Augen öffnen.»

«Gut. Dann bleiben wir erst mal bei der Satanskult-Version!», bestimmte Crystal. An Anna und Elisabeth gewandt, sagte sie: «Geht bitte zurück zur Kirche und informiert die anderen, was geschehen ist. Kommt dann alle wieder hierher zum Gasthaus. Michael, Rolfhardt und ich fahren zum Herrenhaus und sehen nach, wie dort die Lage ist!»

«Und was mache ich?», wollte Bruder Jonathon wissen, der gerade noch Riss behilflich gewesen ist, die Überlebenden in den Lexus zu verfrachten.

«Ich möchte dich bitten, hier vor Ort zu bleiben und sicherzustellen, dass nicht doch noch eines dieses Unwesen auftaucht», bat ihn Crystal. «Und das nicht doch noch Rauch durch den Keller eindringt. Es ist auf jeden Fall gut, wenn du hier bist, damit unsere Leute aus der Kirche wissen, dass keine Gefahr mehr besteht, wenn sie hier eintreffen.»

«Alles klar. Crystal», bestätigte der Mönch in Zivil. «Ich halte die Stellung!»

Nachdem sie alles geklärt hatten, schnappten sich Crystal, Michael und Rolfhardt den Bentley und fuhren rasch damit zum Ortseingang, wo sich das Anwesen mit Carrington Manor befand. Schon von Weitem konnten sie eine große

Rauchsäule über dem Gebäude und Feuerschein erkennen. Als sie an dem das Gelände umspannenden Zaun mit dem großen, eisernen Portal ankamen, standen dort schon eine Handvoll Einwohner, die das Feuer betrachteten. In deren Gesichtern mischten sich der Ausdruck von Bestürzung mit dem einer gewissen Erleichterung. Obwohl keiner von ihnen um die Vorgänge in Zusammenhang mit diesem Haus wusste, spürten sie, dass sich eine dunkle Bedrohung im wahrsten Sinne des Wortes in Rauch auflöste.

Rolfhardt, der am Steuer des Bentley saß, parkte den Wagen am Straßenrand. Dann stiegen alle drei Geisterjäger aus und starrten zum Herrenhaus hinüber. Sie konnten sehen, dass sie, Anna, Elisabeth, Rissi und Jonathon ganze Arbeit geleistet hatten. Carrington Manor stand in Vollbrand. Aus fast jedem Fenster schlugen meterhohe Flammenzungen. Über dem Gebäude stieg eine kohlrabenschwarze Rauchwolke pilzförmig in die Höhe. Da relative Windstille herrschte, wurde der Qualm nur sehr langsam zerfasert und hing daher wie eine Glocke über dem Stadtrand. Selbst, wenn die Feuerwehr jetzt einträfe, gab es am Haus nichts mehr zu retten. Im Dachbereich konnte man schon erste Einstürze erkennen. Das lodernde Inferno würde nichts, was sich im Inneren befand, übrig lassen. Das Ghoul-Nest ebenso wenig, wie die Leichen der Opfer dieser ekelhaften Leichenfresser. Nur in den unterirdischen Kavernen des Gasthauses und in dem langen Gang fanden sich noch Überreste. Die konnte man dem ‹satanischen Kult› zuordnen.

Rolfhardt legte den Arm um die Schulter seines Mannes, küsste ihn auf die Wange, und meinte: «Und wieder haben wir die Welt ein klein wenig sicherer gemacht, was Leute?»

Crystal nickte und starrte sinnierend auf das brennende Haus. «Wenn wir hier nicht zufällig Urlaub gemacht hätten, wie viele Menschen wären dann noch gestorben?»

«Ist es wirklich ein Zufall gewesen?», fragte Michael mit leisem Zweifel in die Runde. «Fast könnte man meinen, eine höhere Macht hätte uns quasi mit der Nase auf dieses Ghoul-Nest gestoßen!»

«Zufall, oder nicht – wer weiß, ob wir es je herausfinden», antwortete Crystal leise. «Aber nun lasst uns zum Gasthaus des grinsenden Todes zurückkehren. Wir müssen unsere Aussagen abstimmen, für DCI Maddigan, den Yard und den Bewohnern von Upper Hamersham.»

«Einverstanden», stimmte Michael zu. «Danach lasst uns aber nach London zurückfahren. Lieber verbringe ich da noch ein paar Tage mit meiner Familie. Vom ‚ruhigen Landurlaub' habe ich erst einmal die Nase gestrichen voll!»

«Das verstehe ich wirklich gut, Michael!», meinte Crystal schmunzelnd. «Da wird dir wohl keiner der ganzen Gruppe widersprechen ...»

Ende

Der nächste Roman der Reihe «Crystal – geboren aus Dunkel & Licht» trägt den Titel «**Puppen des Grauens**», auch geschrieben von A. T. Legrand.

In einer Stadt gehen merkwürdige Dinge vor sich. Zuerst ändern Menschen ihr Verhalten, bevor sie immer kränker werden und zusehends verfallen. Von einem Tag auf dem anderen erscheinen sie dann plötzlich wieder völlig gesund und vital. Doch Angehörige und Freunde berichten, dass sich das Wesen den Betroffenen völlig verändert hatte. Sie wurden kalt und grausam. Bald geschehen schreckliche Dinge ...

ENDE

Die Reihe wird fortgesetzt mit Band 6, der folgenden Titel trägt:
«Puppen des Grauens»

Seltsamen Dinge geschehen in London. Menschen verändern plötzlich ihren Charakter. Sie werden abweisend und grausam. Von einer Minute zur anderen verspüren sie Freude daran, andere zu quälen. Als die ersten Morde geschehen, greifen die Ermittler von ESP Investigations ein ...